虛風構雨

韓祺疇 著

目錄

虛實交錯，目不暇給

推理小說作家　陳浩基

天行小說賞是一個不容易評審的徵文比賽。由於比賽沒有規限類型，只要是流行小說便合資格，於是武俠、推理、科幻、愛情、恐怖，諸如此類各式各樣的作品一股腦兒送到評審面前，有時根本難以做出客觀的評比——就像我們無法說蘋果比香蕉美味，或是香蕉比蘋果有營養。不過，我們可以拿一些特質來互相較量，例如以熱量、維他命高低、纖維多少來判定蘋果或香蕉在某標準之下較優。

會談及這一點，是因為我為這一屆天行小說賞的得獎作品《虛風構雨》打上最高分，是基於一個特質——「創意」。

本屆的入圍作品中，我認為比起本作，有文筆更勝一籌的，有人物描寫更有趣的，有佈局更工整的，可是論創意的話，本作一枝獨秀。換個說法，有好些入圍作在文字運用或敘事上跟本作「叮噹馬頭」，但在創意上卻

被本作遠遠拋離，連車尾燈也看不到。

首先在類型選材上，本作已非常獨特。乍看之下，《虛風構雨》是武俠小說，但讀者會漸漸察覺它不全然是個武俠故事。一般的武俠小說以少林、武當之類為門派，本作反以九流十家為核心來設定江湖的模樣——作者以文化武，學說之爭成了劍術比拚，但同時亦有回馬槍，武功過招的內涵卻呼應流派宗旨，這種融會貫通的筆法，著實令人眼前一亮。

作者在背景設定上亦可謂匠心獨運，一開始讀者很可能會以為這是一個單純的、虛構的中原王朝，但漸漸便會察覺內裡大有乾坤。作中採用的是科幻小說常見的架空歷史（Alternate History）背景，一切皆建立在真實的歷史之上，再加上一個「假設」，衍生出一個既虛且實的時代。更有意思的是，作者將我們所知的歷史與人物以另一種手法放在故事裡成為劇情的一部分，耐人尋味，令人深思。

上述種種具創意的設計已十分亮眼，但本作的最大趣味還不止於此。《虛風構雨》的最大創意在於它的後設性質，九流十家的「小說家」是本作的主軸，作者運用了後設小說的技法，為故事加添了文本以外的厚度——虛構的人物在作中寫虛構的情節，情節卻成就了虛構之中的現實，正如書名《虛風構雨》，虛實交錯，目不暇給。

天行小說賞是個不限類型的流行小說徵文獎，而本作正好集合了不同的類型特色，呈現一種「武俠皮、奇幻肉、後設骨」的獨特性。或許有些讀者很在乎一部作品的類型「純度」高低，嘗試分析《虛風構雨》到底該歸類為武俠、玄幻還是奇幻，但我想與其斟酌類型，不如說本作是作者寫給「小說」的一封情書，熱愛小說的讀者自然會讀出當中趣味、創意和熱情。

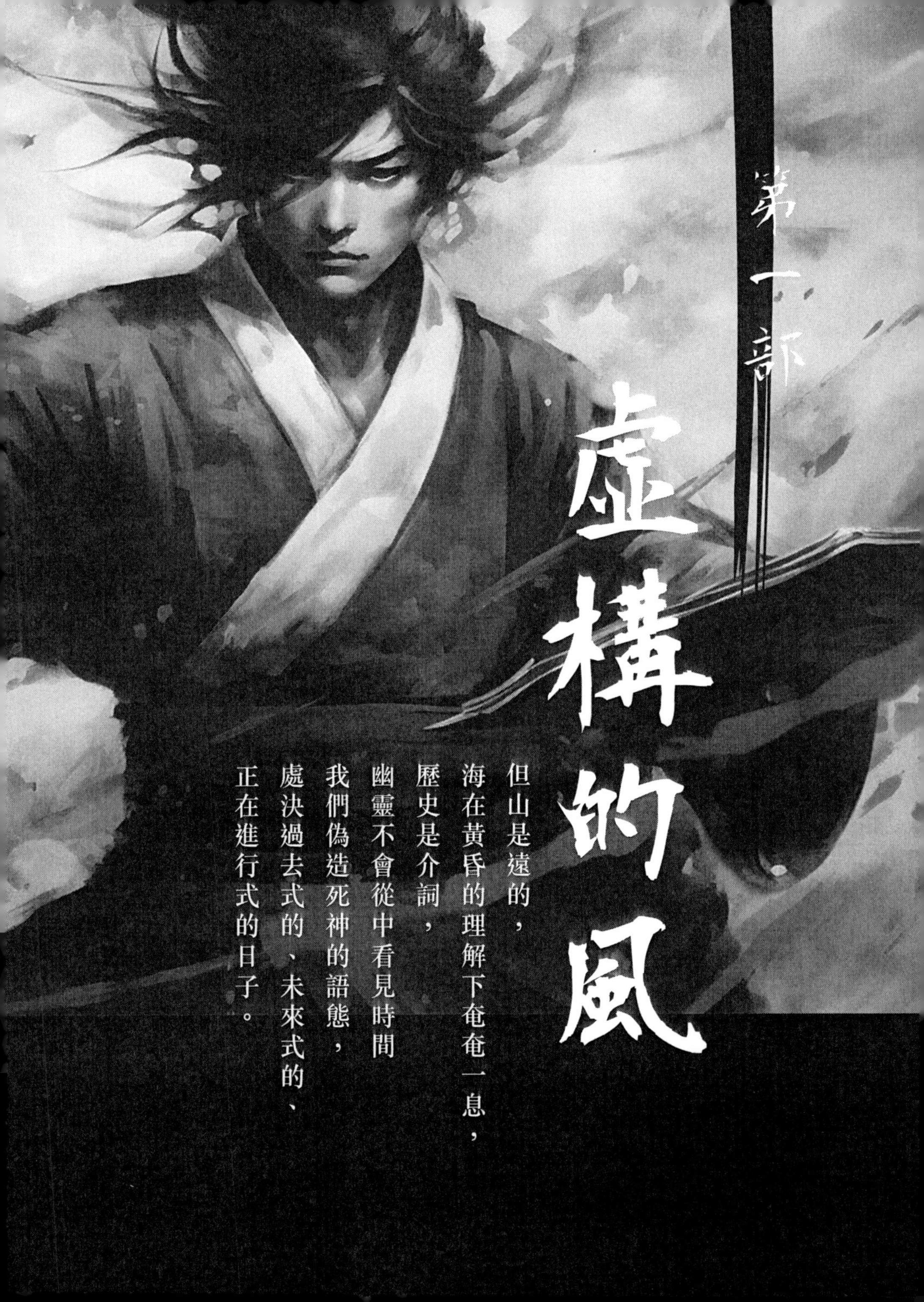

第一部　虛構的風

但山是遠的，
海在黃昏的理解下奄奄一息，
歷史是介詞，
幽靈不會從中看見時間
我們偽造死神的語態，
處決過去式的、未來式的、
正在進行式的日子。

【第一章】

風裡來的刀

應天府的冬天，這般頑強的豪雨並不常見。

負責城中治安的護衛長秦顧，七天前新官上任，三十上下的模樣，正佇立在城牆上，本來佩在腰間的繡春刀，只剩下鞘柄，在強風中晃動。

秦顧隱隱覺得，雨中有一股刀勢。

一刻鐘前，秦顧收到密旨，入夜前要把京城裡所有的防衛武力撤走，儘管傳旨人是宮內權位排行第二的大太監何禎，但秦顧還是嗅到不尋常的味道，以茲事體大為由，提出要進宮面聖。

怎料，何禎突然發難，出手攻向秦顧面門，秦顧下意識閃避，正待抽

刀還擊，才發現鞘中已空空如也。
刀在何禎手上。
同樣落入何禎手中的，還有護衛隊的控制權。秦顧這才明白，號稱紀律嚴明的京畿護衛軍，早就滲進了沙子。至於何禎特來傳旨，不管旨意屬真屬偽，都只是過場，若是秦顧再糊塗一點——或者再精明一點——接下密旨，也不至於落入如此窘境。

秦顧沉默半晌，還是忍不住問：「聖上雖然年紀不輕，但說病重就病重，想來何公公不會輕信吧？」
「秦大人不必擔心。」何禎笑了笑：「這場夜雨過後，還是姓陳的天下。」
何禎的安撫沒有起到任何作用，秦顧想起了朝野間的傳聞，當朝啟明皇帝的弟弟——駐守南疆的安寧王一直有謀逆之心。
安寧。
如果是賜封一個不管世事的太平王爺，自然沒有後患，可受封的偏是常年領兵在外的安寧王，軍中威望極高。在公在私，啟明帝都無法對親弟動任何殺念，只好將他派遣到戰事激烈的南疆，至於「安寧」的封號，想來也不無敲打之意。

在秦顧的推想裡，啟明帝刻意散播自己病重的消息，在京中傳得沸沸揚揚。一開始，安寧王想必心存疑慮，但鮮艷的果子掛在枝頭，看得久了，帶毒的紅色也變得親和。多年過去，皇帝已經年逾六十，安寧王卻正值四十歲壯年，終於也禁不住皇座的引誘，起兵篡位。

兄弟鬩牆，同脈相殘。帝王家的故事總是這樣無聊。

「但不對。」秦顧突然說。

「甚麼不對？」何禎問。

「刀不對。」

「刀在我手，便沒有對錯。」

秦顧想了想，說：「是刀勢不對。」

何禎轉身看向遠處，沒有回話。

「雨中只有一人。」秦顧說。

「秦大人刀法不怎麼樣，眼光倒不錯。」何禎沉聲道。

「不是安寧王。」秦顧篤定地說。

如果雨裡只有一人，自然不可能是來謀反的。

「三年前在南疆，我見過王爺的刀。」秦顧說。

「卷宗裡有秦大人戍守邊境的情報，卻居然沒有提及是在安寧王麾下。」

「我不是王爺的人。」

「這當然，否則你就不會誤以為他要謀反了。」

「那麼，今夜會發生甚麼事？」

火把在搖晃。秦顧的問話迴盪良久。

秦顧望着何禎，何禎依舊看向前方，他當然不是在看風景，雖然城牆前視野開闊，如果夜色清朗，抬頭就有機會看到滿天星辰。

秦顧對那股潛藏在遠處的刀勢，耿耿於懷，夜色迷茫中，彷彿每滴雨點都飽含殺機，空氣裡散發的鐵鏽氣味，濃郁得使人噁心。

何禎不這樣覺得。

他的刀本來就是走鬼魅的路子，在濕重的雨天裡更能展開手腳。

「二十年前，我還沒有進宮，那時剛學滿出師，以為世間之事非黑即白。遇上不平事，道理一時講不過，就一刀斬下去，生死明瞭，事情就分明了。」

世人皆知，大太監何禎是刀道宗師，刀法迅猛，如鷹擊長空，俯身一啄之時，必使獵物斃命。先前他瞬間奪取秦顧的刀，與其形容為空手入白刃，更像是翻手為刀，一下就割斷了秦顧與兵刃之間的氣，讓對方根本無力反抗。

但沒有多少人知道，何禎入宮以前，曾在一處小門小派習藝。武功小有所成後，初入江湖，便以為是海闊天空，快意恩仇的世界。

「某年在蘇州，我看見一個公子哥當街調戲寡婦，後來那個寡婦受不了閒言，自殺死了。」

城牆上，大風驟起，二人的衣袍被吹得鼓漲起來。秦顧看不見何禎的正面，但他聽得出，何禎在講述這段往事時，刻意讓聲音顯得平靜。

「在一個夜裡，我趁那個紈絝在天香樓溫存時，把他床邊的妓女殺掉，挖出心肝，把血塗在他的身上。聽說那日以後，這個自命風流的公子

哥，就再也不能人事。」

秦顧心裡生起微微的寒意。

「為何不是一刀殺了當事人？又為何要連累別人？」

「那個妓女是天香樓的頭牌，她聽說自己的姘頭對街上的寡婦生了邪念，妒火中燒，於是花錢僱了惡霸日日騷擾那寡婦，又暗中煽動鄰舍，對她冷嘲熱諷。」

「何公——何大人做了件好事。」秦顧言語間生出了些敬意。

「可惜終究是年少輕狂。我當時不知道，那個紈絝公子原來是京中某位重臣養在蘇州的私生子。後來，他們查到了我的師承，派人滅了門，我的師父、叔伯、師兄弟共二十一人，無人存活。」

秦顧隱隱有種預感，這個故事將要迎來它的關鍵。

「他們僱了藏星閣的殺手，那人叫杜從。」

「杜從？與大人齊名的杜從？」

「對。只是當時他的刀比我強得多。」

何禎深深吸了一口氣，才繼續道：「僱用他的人下了令，不只要我的人頭，還要我的子孫根。」

秦顧看見何禎回過頭來，望着他，臉上露出妖異的笑容。

「最後杜從失敗了，或者說只成功了一半。我把傷養好，發現要長回來的東西，再也長不來後，本來萬念俱灰。但轉念一想，即使此生已成為廢人，但師門大仇一日未報，便是苟且偷生，也要活下去。」

「那麼，」秦顧語氣遲疑，還是追問下去，「大人的仇是否已報？」

「我來到應天府，進了宮，多番探查之下，找出了那個紈絝公子的生父。」

勁風中，斜雨撲面而來，秦顧半瞇起眼。在何禎沒有交待的情節裡，他親自籌劃了一宗陰謀，讓吏部一位姓王的侍郎擔上了貪污大罪，全家抄斬。去勢後的何禎也算因禍得福，竟在日復日的宮牆生活裡，悟出極緻鬼魅的刀法，多年後爬到了宮中高位。

「不過，主事人死了，但劊子手還活着。」

「何大人到底要做些甚麼？」秦顧的聲線突然有些顫抖。

「打一架——」何禎一拂袖，自城牆跳下。

秦顧聽見雨裡傳來迴盪的聲音。

——決生死。

刀是殺人刀，但人不一定都是該殺之人。

執刀人是杜從，藏星閣最享負盛名的殺手，也是天下使刀最頂尖的幾人之一。

如雷貫耳的名聲，對藏身黑夜的殺手來說，理應致命。但杜從並不在意，自從三十年前，他在眾多朝廷高手的守護下，暗殺北方的胡國來使，就注定聲名大鵲，同時餘生要活在追捕中。

杜從是一叢影子，但當陰影足夠龐大，也就成為了黑夜本身。

在多年的殺手生涯中，杜從並非沒有失手，最使他懊惱的那次，也許是三十前在江南一帶，暗殺何禎失敗的一役。

出錢的東主附加了一項變態的要求，他們想何禎死前，感受絕子絕孫的痛楚。

杜從對此不以為然，他們是殺手，不是鷹犬。

他本來打算，先把人殺掉，再割去他的子孫根。

當二人一交手，杜從卻莫名生出妒意。

何禎在刀法一道，天賦太高了。

長年生活在黑夜裡的杜從，決定要折磨眼前的天才。他把奄奄一息的何禎困於破廟，讓對方在下體的痛楚裡慢慢死去。

最多三天，如果何禎到時還活著，杜從就會動手了結對方。

然而杜從卻忘記了一個事實，他是朝廷榜上排行前列的通緝犯。為了躲避追捕，杜從絕不該逗留多於兩天。第二天早晨，六扇門的捕快果然找到廟中，杜從被逼逃走，何禎也因而得救。

自從何禎成為宮中掌權的大太監後，一直在找尋杜從，但藏星閣的殺手又怎會輕易被找到。反倒是何禎刀法大成，擠身武道宗師之列後，向杜從下了堂堂正正的戰帖，才逼得對方不得不透過藏星閣回應，把戰帖接下。

江湖人人把這件引為談資，但只有少數人知道，決戰之期就在今夜。

更沒有人想到，決戰地點會定在天子腳下，南京城應天府。

若單從這點看，何禎不只得到啟明帝的信任，更是聖恩昌隆。

手執繡春刀的何禎站在城牆前，他自空中落地後，雨勢微微一顫。

天空稍明。月如鈎。

杜從出現的時候，二人沒有交談，兩柄利刃迅速交鋒了一招，城牆上的秦顧只聽到金屬尖銳的磨擦聲。

傾落的雨水打在他們肩上，何禎身上的青衣莽袍已濕透了大半，他一落地，就借力而起，轉身再砍一刀，穿雨破風，如游龍夜巡海，攪動一方。

一身暗色蓑衣的杜從，佝僂着身，像微枯的荷花，不為所動。

如果把此刻城裡所有街巷的淅瀝聲繪成卷軸，筆觸雜蕪的畫上，將有兩道輕微刮痕，那是鐵器破開血肉的聲響，細不可聞。裂縫慢慢滲出了腥鏽味。

「我輸了。」何禎啞聲說道。

「是我輸了。但我們都要死了。」杜從苦笑。

一切都在電光火石間發生，何禎的刀循着完美的弧度，在杜從頸上動脈割開了一道血痕。絲毫不躲的杜從順勢抓緊何禎，一把利刃刺穿了他的

腹部要害。

傷口很深，何禎必死無疑。

「有點想不通呢。」何禎撐住一口氣，虛弱地問。

「江湖規矩，地點由你選，時間由我定。但你知道，實際上都不是我們選的。」

「原來是這樣呀。」何禎看向眼神死寂的杜從，心中後悔沒有早早看出對方同歸於盡的決心，轉頭望往城裡，更後悔原來自己從來猜不透宮中主子們的心思。

「二十年前，我沒能殺掉你。二十年後，我想也應該不能。」杜從的聲線漸趨無力，但仍然使勁握緊刀柄，擔心何禎尚有餘力掙脫。

「有點不甘心。」

「你的刀很快，就算真要躲，或許也躲不過。」

「但還是不及你。你的刀藏得太好。」

何禎的眼神開始渙散，他想起十七歲那年在宗門練武場的明豔陽光，三年後那裡佈滿二十一具面容熟悉的屍骸，又想起皇宮圍牆下高大的陰影，途經的侍衛們瞧見他的喉結時，所露出的戲謔和鄙夷。

所有畫面都像雨落水窪，旋起旋滅。

最後何禎的目光隨意地落在城牆之上，想起那個叫秦顧的護衛長，關於他的一切情報竟變得模糊不清，轉念一想，臨死前惦掛的人，居然是只在今日有一面之緣的秦顧，真是一件荒唐的事。

暴雨中，二人的血水漫開，宛若一朵紅蓮。

不論明天起來是不是晴天，所有痕跡都會消失得無影無踪。

清晨，冬日明媚。雞啼沙啞地響起，像撕開了些甚麼。

火在灶下，濕潤的柴枝濺起火星。

一個少女在爐前忙碌，鍋裡蒸着饅頭，白煙從蓋子的縫隙間漫出。

昨晚城裡下了一場劇烈的雨，本來少女瞧見天色不對，早就把薪柴從院子搬進廚房，可是夜裡風雨來得驚人，推開了微微鬆脫的木門，把一捆捆砍得勻稱的柴枝全都淋得濕透。

「好在事先就捆好了。」少女心中慶幸。

一碗清粥、三碟鹹食小菜、兩個大饅頭，放在秦顧眼前。食物還冒着熱氣。

窗外陽光正好。

「昨晚的故事，寫得如何？」少女揀起一口豆芽放在碗裡，遞給秦顧。

「何禎死了。」秦顧坐在床頭，接過碗，拿起饅頭配着豆芽吃。

「那個剛上任的護衛長呢？他叫——」

「秦顧。我用的是自己的名字。」

少女把碗放下，直盯着面前模樣只有十七八歲的青年。

「這樣很危險。」

「不入虎穴……」

「三個月前，你說要進京時，就已經用過這個講法了。」

秦顧把最後一小塊饅頭塞進嘴裡，慢慢嚼完，才再開口：「昨晚城中的護衛軍忽然有異動。我去望過他們的氣，只有護衛長的氣是最弱的。而且城牆上只有他可以跟何禎談話。」

「一軍之首，怎麼可能是最弱的。」少女不解。

「當時他的氣被何禎切斷了。」

「何禎所求到底為何？」

「只是些不重要的恩怨情仇。本來以為是安寧王要起兵造反，誰知道只是何禎與杜從為了陳舊往事的決斷。」

「哦？藏星閣的杜從？」

「何禎很狡猾，殺手擅長藏匿，他把昨夜城裡的人都撤走了，杜從便無處可遁。」

「但何禎還是死了。」

「因為他始終想不透藏刀的真意，刀要隱，但不是逃。何禎的刀很快，但他只是為了逃，一刀兩斷，斬了就走。」

「皇帝竟然允許二人在這裡決鬥，一定另有所圖。」

秦顧拿起一張紙，上面佈滿密密麻的小字，他不斷回想昨晚寫下的情節。

「的確不尋常，但我還沒有想通。」

「我猜，這會對我們所謀之事有幫助。」

「懷玉，」秦顧喚起少女的名字，「我第一次確切感受到，我們要做的事情，可能會有多可怕。」

【第二章】小說家

「從前有一位大太監，武功已臻化境，深得當朝帝王寵信。沒料到他竟包藏禍心，協助逆王謀反，事敗後被割舌剜目，酷刑處死。死況慘烈的太監化成厲鬼，妄想回到宮裡報仇，在一個滂沱雨夜，他從行刑的午門一直走向宮門，然後在大閘前敲了三聲——」

世上有兩種故事，傳播力極快，而且任誰重複敘述，都不會有抄襲的問題。其中一種就是鬼故事，愈是慘烈，愈是引人注目。

「然後呢？」

「故事講完了。」

「講完了？那個太監敲了三聲後，發生了甚麼事情？」

「不知道，因為沒有下面。」

「沒有下面了？」

「對，因為他沒有下面了。」

而另一種則是笑話，並且往往要與情色沾邊，愈是齷齪，愈是動聽。

前朝一度興盛的勾欄瓦舍，如今消聲匿跡，在官府嚴控下，除了最沉悶晦澀的道德文章，就只有奏御祝頌的青詞，可以在白日下通行。但人們不在房瓦下聽戲，不代表故事就消失了，小說散佚在廟堂，卻出沒於街巷人物的嘴裡。

何禎和杜從在城牆前的那場夜雨決鬥，最後以各種變奏，傳遍市井。在有心人的引導下，一次頂尖高手的生死相搏，塗抹了詭譎的陰謀色彩，像瓷器面上的黑釉，牢牢地成為了事物的一部分。

種種傳言裡，若有若無的線索都指向一個人的身影——正如在城牆之上，秦顧也曾經誤以為何禎的反常舉動，是打算協助安寧王叛變。

「不是我做的。」懷玉喝了一口茶，雖是尋常茶葉，但茶湯成色清澈，在寒冬之中，自有一股提神的清香。

「京中的渾水果然不易蹚。」秦顧在磨墨，硯中的墨汁愈磨愈黑，深不見底。

「一開始，我們也猜測城裡守軍異動，是安寧王謀反的前哨。」懷玉一副胸有成竹的模樣，「何禎與杜從這一戰，聲勢浩蕩，兩大高手身死，這麼好的機會，我們不動，自然也有人要利用。」

毛筆沾墨，秦顧在宣紙上運筆，寫滿了平直方正的小楷。

「我大概猜到是誰做的，此事稍後處理。只是近來朝廷的眼線一定會盯得更緊，你的小說要先暫緩發表。」懷玉說。

「知道了知道了。」秦顧筆鋒一頓，停在「下回分解」幾隻字處，「犯禁的小說不寫，落魄才子偷會深閨佳人的故事，總可以寫了吧。」

「喂，別擺出一副迫於無奈的樣子，寫這些東西，你明明就樂在其中。」

秦顧看了看桌上的白瓷茶杯，抱怨道：「還是要吃飯的，不寫這些賺點錢，連茶葉都買不起了。」

「一副窮酸秀才的模樣，」懷玉施施然拿起茶杯，「要謀大事，當然要錢財打點。」

「縱橫家的傳人，難道不應該擅長賺錢嗎？」秦顧小聲嘀咕。

懷玉抿了一口茶，把口中的茶葉吐回杯中時，像是呸了一聲。

「想我先祖張儀、蘇秦，當年合縱連橫的大手筆，傾數國之力，以天下為棋。傳到我這代，替你謀事，卻連你的起居也要照料，窮到這個地步，難怪小說家一脈會沒落。」

雖然事關師承尊嚴，但秦顧也自知虧欠了懷玉，不好發作，只好忍氣吞聲。可是轉念想想，又氣不過對方的尖酸，憤而提筆，在紙上寫下一句千古傳頌的名言：

——唯小人與女子難養也。

字寫好了，氣也消得七七八八，秦顧卻沒出息地後悔起來，馬上不動聲息把宣紙捏成一團，打算毀屍滅迹。

懷玉把一切看在眼內，也不氣惱，只見她提起茶杯，往門口走去，邊行邊說：「淪落到要用儒家的話來罵我，可真是有出息。若你家祖師爺知道，肯定會氣得從棺材裡出來，再吐血身亡一次。不過這樣倒好，以血代墨，指蘸為書，連文房四寶也省了下來呢。」

秦顧像吃了一記悶拳，站在原地沉默良久，才想到反駁的話，大聲喊道：

「他山之石，可以攻玉。」

聲音倒是響亮，但已經走了不知多遠的懷玉，並沒能聽到他的一語雙關。懷玉只是專注地盤算著，不管是鬼故事還是笑話，總歸還是一個復仇故事。她正前往一條無名小巷，把消息帶到：好戲終於可以開始了。

周失九鼎，逐有霸雄漸群起。

秦失其鹿，於是楚漢共逐之。

在風起雲湧的上古時代，誕生了無數天資橫溢的賢士，他們各懷抱負，相信自己的理念能濟世治國。這些大能者周遊列國，彼此辯論纏鬥，漸漸統匯成一派學說，形成諸子百家盛況。

此後天下烽煙四起，春秋戰國的爭霸走到終局，最終被一人囊括，自封始皇帝。在他治下，世間的讀書人，十坑其八；世間的書籍竹簡，十焚其九。

這場火引來了另一場浩大的火，秦始王生前留下的阿房宮，被楚霸王燒了三天三夜，濃煙蔽日，晨昏難分。秦歷二世而亡，開啟了楚漢相爭。

雙方軍營的溝火，起了又滅，最後湮沒在烏江水，一人一劍，自刎江邊，終由漢高祖奪得大權。

後來有一日，高祖的某個子孫決定要罷黜百家，獨尊儒術，正式把其餘諸子百家的火種徹底撲滅。然而，儒學一家，看似獨得天下，可是先有董大家的天人感應學，後有朱夫子的滅人慾存天理，早就支離破碎，面目全非。

也難怪當代大儒何庭玉曾私下慨嘆，如今的儒家，只是贋品。但身為朝廷首輔，他當然不敢直接點破箇中因由：儒道在歷史帝王心術的操縱下，實質已被法家一脈侵蝕附身，徒具空軀虛形。

神是正神，道觀卻是破觀。

秦顧走過雜草叢生的庭院，跨過門檻，只見爐中香火冷清，殿上供奉的塑像乃三清之首，道德天尊太上老君。

一個白髮老人坐在道觀內，身前放置了一座沙盤，他闔上雙目，口中唸唸有詞，手中的木製柳筆在沙粒上遊走，似乎在推算些甚麼。

老人專心致志，秦顧也不打擾，站在一旁。

過了一會，在揚起的沙塵中，老人停下筆，盤中寫了一行細字。秦顧剛想偷看，就被抹去。

「想不到小說家傳到你這一代，竟然生了些別的門道。」白髮老人睜眼，向秦顧開口道。

「可不敢在前輩面前班門弄斧。」秦顧略一作揖。

自漢代起，諸子百家覆滅，卻以隱秘的方式傳承。不問血脈，不論出身，以一脈單傳的方式，尋找後繼之人，授以畢生所學。身為小說家一脈的當代傳人，秦顧卻具有更獨特的能力。

「當晚何禎和杜從決戰，唯一的目擊人，乃城牆之上的護衛長，人人皆記得他叫秦顧，但我推演過，此名字與他命格相沖，斷不能活過十歲。」

「恐怕不是恰好目擊吧，那位叫秦顧的護衛長，應該還是先生提前佈下的眼線。」秦顧神色鎮定地應道，「可惜關於那晚的事，他卻毫無記憶，像靈魂出竅般，一無所知。」

「然後你就來了。」白髮老人沉聲道。

「晚輩秦顧，」秦顧這次慎重地拜了一拜：「見過陰陽家主，郭尋先生。」

郭尋面色不改：「你既是小說家的傳人，我們便是不分高低。今天老夫仗著年長，受你一禮，此後自當以平輩相待。」

「失禮了。」秦顧起身，盤坐在郭尋對面。

「那名剛上任的護衛長，確實是我埋下的暗探。」

猜測是一回事，但郭尋這樣坦誠承認，還是有點出乎意料。秦顧想了想，知道這是對方釋出的誠意。

「我確實有些匪而所思的能力，但不足以逆天改命。」秦顧略一沉吟：「最多只能讓我比別人知道多一些事情，像親歷其境。」

對於自己的能力，秦顧沒有細說。這是小說家千百年傳承中，極為罕見的通感。

在事情發生的當下，秦顧可以代入涉事之人，同步書寫細節，猶如附身扶乩，諦聽神諭。但被秦顧代入的人物，卻會成為無根的人，他會變成「秦顧」，所有人都會漸漸遺忘他原初的姓名來歷，只留下似是而非的印象。

「無論如何，足以教人讚歎。」郭尋試探道：「小說家一脈，看來要在當世大興了。」

「不敢不敢。」秦顧連忙否認：「儒法勢大，只求集百家之長，與之對抗。」

「何以對抗？又何以集百家之長？」郭尋語氣一頓，「恕老夫直言，小說家向來只列末流小道，你縱使有幾分神鬼莫辨的異能，卻如何擔得起對抗儒法的大旗？」

「還請先生聽我講一個故事。」

「小說家傳人親自講的故事，自當洗耳恭聽。」

秦顧沒有理會郭尋語氣裡的輕忽，清了清喉嚨，開口道：「立國之初，我小說家一脈有位傳人，曾寫下奇書，被列為禁忌。」

「哦？倒不知寫了些甚麼，有何稱奇？」

秦顧舉起兩根手指，「寫兩個人，陳友諒、朱元璋。」

「豈可直呼太祖名諱。」話是重話，但郭尋的聲線卻毫無波瀾。

「想當年太祖揭竿而起，討伐外族政權，眼看即將重奪正統，朱元璋異軍突起，我朝太祖皇帝險些失了天下。幸於鄱陽湖一戰，大敗朱元璋，繼而收服各路諸侯，立國稱帝，以『漢』為國號。」

「此般往事，人皆盡知。你所指的奇事，難道就是編寫史書嗎？」

「那位小說家寫了一篇故事，他設想當年獲勝的一方，不是太祖皇帝陳友諒，而是朱元璋，這家國天下將會如何。」

「哦？果真是大逆不道。」郭尋眉毛一挑，神色有點好奇。

按書中推想，朱元璋將以日月為號，創下基業。然而出身草根的他不信任文人，更忌憚武將，以猛治國，設立特務機關錦衣衛，監察百官。朝廷行政中樞被削弱，文官武官黨爭內鬥，宮中太監趁勢而起，禍亂朝綱，年復年的積弱下，最後引來外敵入侵。

「那老朱家傳至第十二世皇帝，眼見兵臨城下，崇禎帝朱由檢找了一棵老樹，自縊殉國，大明國祚二百七十六年而終。」秦顧道。

「故事倒不錯，有幾分見地。」郭尋心中泛起些許讚歎，「只是在當朝寫此般故事，難怪會列為禁書，若被抓到，恐怕還要諸連九族。」

「小說寫好後，他手抄百份，漏夜在應天府裡所有權貴府邸的門前，都貼了一份，便當街自盡了。」

「可惜了。」郭尋輕歎一口氣。

「天剛破曉，所有紙抄本就第一時間呈到了宮中，沒有一家敢怠慢半分。」

「那是當然，一旦落後了，就有串謀之嫌。這位小說家所為，恐怕都是無用之功。」

「但故事被暗中保存下來了。」

郭尋雖然敬佩對方的洞見，卻難免有些不以為然：「然則這世道又有被改變嗎？」

「藏一枚種子，比斬去千棵參天大樹更難。」

「但在老夫看來，此乃自以為是的魯莽。」

「老謀深算的聰明人，都統統到了廟堂之中，為帝王賣命了。」秦顧並不生氣，輕描淡寫道：「郭先生當年三次回絕朝廷之邀，寧願藏身道觀，也不出任國師，難道這也是魯莽嗎？」

郭尋低哼了一聲，也不正面回答：「你呢？你也打算步他的後塵？」

「不會的，我膽子小。我會寫一些更久遠的事情，例如那個燦爛繽紛的上古世代。」

秦顧眼中漸露精光，以指代筆，在沙盤裡又劃上一道線。

「倘若合縱計成，擋秦於函谷關外，會如何？倘若鴻門宴功成，大楚滅漢，又會如何？」

「你覺得會如何？」

「殺戮不改，戰亂叢生。」

郭尋聞言，冷哼一聲：「既然世道依舊如此，如老夫剛才所言，你們這些小說家做的，不也是徒勞？」

「我不知道。」秦顧理直氣壯地道。

「你該不會打算，用這四個字來說服我吧。」郭尋不解地盯著秦顧，「那個縱橫家的小丫頭，難道就這般由得你？」

「先生莫心急，我的故事還沒有講完呢。」

秦顧本打算學著懷玉，擺出一幅胸有成竹的模樣，想想又覺得接下來的情節太過壯烈，神色不宜自矜。

話說，當年明朝的架空小說被禁後，京城裡流言四起，無數假托偽作在暗市流通。小說家雖然自盡，仍被施以割舌剜目的酷刑，骸骨吊在城牆上，暴曬了七日七夜，沒有人敢替他收屍。直至下了一場大雨，才有義士趁機帶走屍首，好好安葬。

「喔，對了。這位以身殉道的前輩，姓鄒。」秦顧緩緩地補充：「鄒衍的鄒。」

鄒衍，戰國末期齊人，陰陽學派的始祖，曾於稷下學宮講道。

西漢大儒司馬談，綜論九流十家，順序排列為：道、儒、墨、名、法、陰陽、縱橫、雜家、農家、小說家。後更有班固斷言：「其可觀者，九家而已」，言下之意，小說家並不入流。

面對名列第六的陰陽學派，秦顧的傳承確實不足為道，但那些自詡正統的大儒，終究都輕看了故事的力量。上古名士愛好辯理，可是無論道家的莊周夢蝶，還是名家的白馬非馬，都離不開一個核心：虛構。

虛構一隻會做夢的蝴蝶，想像一匹白馬，或者述說一個男子固守承諾，為兒子殺了一頭豬的故事。

——這些都是小說家最擅長之事。

平淡的故事，出自他們之口，便是唇槍舌劍，所向披靡。更何況，秦顧今天選的故事，都非比尋常。

「你方才講了兩個故事，一個在內，一個在外。」郭尋神色微變，突然醒悟：「不對，應該說是兩招劍式才對。」

秦顧微笑沉默，看著郭尋。

「朱元璋稱帝，明朝終亡，此劍銳芒在內，是攻心。我陰陽派先祖鄒家後人，以命祭書，此劍藏鋒在外，是為誅心。」

「後生魯莽，郭先生千萬千萬別放在心上。」秦顧拱手，作了一揖。

沙盤之上，尚有秦顧劃下的那道筆直的線，郭尋心裡清楚，這才是秦顧出的第三劍殺著，以天下大勢、諸子百家的萬古興衰為誘，不採攻勢，卻直接把危險的劍柄遞出，一招請君入甕，更是凶險。

如此大手筆，想來是出自當代縱橫家傳人懷玉之手。而秦顧今天出的三道舌劍，時機把握也是妙到顛毫。郭尋心中盤算，也許當世轉機，真的在小說家一脈身上。

「借助何禎和杜從一戰，散佈安寧王逆反，此事乃老夫所為。日後若你們有類似需要，可到長安街的厚德商號總行，找他們的十三掌櫃。」郭尋平靜地道：「明天我會離開這間道觀，若有事相尋，就來國師府。」

秦顧起身，正式行了一個稽首大禮。

有關何禎、杜從、安寧王三人的傳言，在鬧市流通好一陣子，卻沒有真正盪起甚麼風波。朝廷派遣大量密使，在酒樓書齋潛伏，清洗了幾趟，便無人在明面上談論了。

但真正使輿論注意轉向的，卻是一則消息。

傳聞中為修煉大道，隱世潛修多年的三清觀觀主郭尋，終於歸來，被朝廷正式冊封為國師。

正午陽光猛烈，人聲鼎沸的大街上，一個挑着擔子的販夫從秦顧身後經過。秦顧正專注看著黃榜上的公告，想起離開破敗道觀前，與郭尋的對話。

「恕晚輩冒昧，陰陽家的殿上，為何要敬奉道家李耳？」

「萬物皆道，不拘形相。」郭尋答道。

「道家求道，但陰陽家和道家，本來就是兩回事啊。」

「你乃小說家傳人，可是幼時識字，讀的不還是儒家經典？」

「時勢所逼。」秦顧突然有些不甘，「所以要報殺父之仇，就必先要認賊作父嗎？」

郭尋卻搖了搖頭。

「儒家勢大，可終究也非孔夫子的那個儒家了。後世種種先不論，單論孔、孟、荀，其道已大不相同。荀況再傳韓非，法家更險些滅了儒家道統。」

「郭先生這樣說，我反倒不明白了。」

「陰陽家一脈，尊崇四時天命之道。人們說，太上老君化身道家李

耳，開創道門，我偏不同意，我偏要說太上老君乃我陰陽家正統。」

「先生見解獨到。只可惜世間愚昧之徒眾多，恐怕人們只會認為陰陽家成了道家附庸。」

「此事無礙。」郭尋轉頭望向神像，「神像乃庇護，也是枷鎖。他日若人們想通了，把心中神像打破，自能先死而後生。」

秦顧順住郭尋的目光，只見祭壇上，太上老君手持塵拂，拈指微笑。

此時，一滴露水落在道袍上，混合塑像的灰塵，凝成水珠，始終流不出衣襟上堅硬的皺褶。

【第三章】
晨霧與老人

日光熹微，午門城樓之上，晨鐘敲響。一群身穿大紅官袍的朝臣，魚貫步入大殿，像河裡飄蕩的珊瑚，順流而進。

按制例，所有在京的官員都要上朝，但只有四品以上的大臣，可以向皇帝奏本對答。官服的刺繡按一品到九品，各有不同，從高到低，文臣依次為仙鶴、錦雞、孔雀、雲雁、白鷴、鷺鷥、鸂鶒、黃鸝、鵪鶉；武將則為獅子、虎豹、熊羆、彪、犀牛、海馬。

人潮之中的郭尋，睽違三十多年，再次踏足金鑾殿。他身穿御賜的玄青鑲金道袍，混跡在一群繡上飛禽走獸的紅衣官員裡，特別顯眼。

大殿中央，皇帝安坐龍椅，俯瞰眾人，身上淡黃色的龍袍織有十二章紋，分別是日、月、星辰、山、龍、華蟲、宗彝、藻、火、粉米、黼、黻。郭尋上朝第一天，啟明帝便在朝臣面前輕描淡寫地說了句：「賜座」，

給足了這位新任國師面子。

早朝剛剛結束。眾官員紛紛作鳥獸散，明哲保身的以府衙辦公為由，趕忙離去；好事的則與同儕約定，到宮外的酒樓廂房，好好聊一聊方才朝會之上，皇帝跟首輔何庭玉的暗中交鋒。

御書房裡，啟明帝坐於書桌前，滿是威嚴，眼中似有餘怒未散。一旁站了當朝內閣首輔何庭玉、國師郭尋、刑部尚書程克義，雖然站得恭敬，但三人眼觀鼻，鼻觀心，不動如山，心裡各有盤算。

「剛才朝議，御史台、都察院、大理寺一同上奏。」啟明帝拿起桌上卷軸，一字一句地讀出來，聲音裡滿是兵刃殺伐之氣，絲毫不像傳聞中，病重了好幾天。

「三司共參司禮監秉筆太監何禎，擅自離宮，當街械鬥。」見無人答話，啟明帝直接點起了名，「何首輔，你有何想法？」

何庭玉不見慌張，跪到啟明帝面前，鎮定回話，「回稟聖上，大理寺

掌刑獄，御史台、都察院也有監督百官之責。何禎與藏星閣狂徒杜從，於城門前打鬥，引來流言紛紛，三司官衙自應上奏。」

「決獄稽察之事由刑部主責。既然京中流言紛紛——」啟明帝冷哼一聲，把卷軸擲回桌上，「程尚書，你刑部是聾了還是啞了？」

刑部尚書程克義連忙趨前，跪下答話，「聖上息怒。刑部正就此事偵查，未得定論，所以微臣才不敢妄自上書。」

「原來是這樣呀。」啟明帝擺出恍然大悟的樣子，「既然如此，也怪不得你。畢竟何禎身死，朕也痛心。」

啟明帝看了看平靜的何庭玉，心中罵了句老狐狸，便向程克義下了一道口諭。

「程卿家，此事就由你刑部主理，記得要徹查，不可急於求成。」

「微臣領命。」程克義道。

何庭玉仍跪在地上，郭尋繼續不發一言，心照不宣地欣賞君臣三人的這場戲。

「秦顧。」啟明帝坐回椅上，「給三位大人賜坐奉茶。」

只見一個太監領着幾個宮婢走來，張羅茶水椅桌，經過郭尋身邊時，二人對看了一眼。

「首輔何庭玉、刑部尚書程克義，此二人乃當世儒家和法家的傳人。你讓秦顧在他們眼底，施行附身之術，難道不會太冒險了？」

「國師身為陰陽家主，卻在世人面前，堂而皇之地扮作道家傳人，難道不是更冒險？」

一身素衣打扮的懷玉，此時安坐堂中，嚐了一口國師府備好的茶茗，心中慨嘆，這比家裡的劣質茶葉，至少好上百倍呢。

御書房那場拙劣的對話表演，郭尋旁觀君臣三人的敲打與試探，一直保持沉默。等到啟明帝終於按捺不住，提了一句，昨晚夢迴，有麒麟自北方來，郭尋才心領神會，答了句，貧道明早啟程。

郭尋一路風塵撲撲，從宮中歸來，回到國師府，正想去找秦顧，交代自己明天就會離開的消息，就收到懷玉的拜帖。

「看來你師父真的把一切事情都告訴了你。」郭尋應道。

「哎呀，家師臨終前，倒確實把當年與國師大人的種種交往，盡皆告之呢。」懷玉眨了眨明亮的眸子，把最後的幾個字，講得特別清晰。

郭尋難得有些心虛，輕咳了一聲，卻發現聲音在安靜的廳堂中，更顯尷尬。

前代縱橫家傳人六衡師太、失蹤多年的道門掌尊涵虛子、陰陽家主郭尋，年幼結識，曾遊歷天下。三人天賦極高，所承道統各有玄妙，數年間，相繼悟道破境。

春夏之交的某天，他們正追捕一群馬賊，誤入山澗。霎時，風起雲湧，崖上水流劇增，三人雖然仗著武藝高強，但仍不敢直抗風雷之力，找了一處山穴暫避。

涵虛子靜觀洞外瀑布，忽然有所感悟，參透天地至理，不在人為，而是藏身山林風雨，飄然遠去，決意捨棄道家傳承，復返自然。他把道門交托給摯友郭尋，了卻最後一絲世俗牽掛，便退隱山野。

自漢武帝後，廟堂中的黃老之風已成絕響。但在諸子百家中，也只有道教能不依附政權，借助民間信仰之力，尚算發展蓬勃。可是道家講求無為而治，遠離世俗，兩者趨勢既相輔相成，又互為絆腳石，是以道教興盛，道家一途卻日漸難以修得正果。

「家師多番推崇涵虛子前輩，認為他有勘破名利的大智慧。」懷玉憶述道。

「涵虛子不在乎一脈傳承，心懷天下，我和你師父都遠不及他。」

「晚輩倒認為，國師身負兩家教派興衰，更令人敬佩呢。」

「道家既無門戶之見，老夫自然也不必拘泥。」郭尋語氣輕巧，但懷玉知曉其中的種種艱鉅，並不容易。

道家的核心繼承，雖然採取一脈單傳的形式，可是道家發展成道教，其中派系早已山頭林立。諸如道教的四大名山，武當山、龍虎山、青城山、齊雲山，各有門道，即使涵虛子身為正統傳人，貿然傳位給陰陽家的郭尋，也非三言兩語就可以服眾。

為此，郭尋訪遍名川大嶽，與各派掌教坐而論道，最終才獲得眾山頭認可，以道家傳人的身份，來到應天府，創立三清觀。

三個月前，懷玉隨秦顧來到南京城，接手師父六衡師太留下的情報系統，才得知郭尋在二十幾年前以追求大道為由，拒絕留任新朝的國師一職，明面上退居山林，實際卻藏身城外三里的一間無名道觀，靜候京中風雨。

「我有點想不通。」秦顧一邊讀稿紙上的文字，一邊若有所思。
「何禎與社從在城中一戰，最後雙雙身死，這是皇帝的安排。」
從國師府回來後，懷玉向秦顧解釋了今天御書房對話的底蘊。
「何庭玉趁機試探，讓御史台、都察院、大理寺參奏，想知道皇帝的態度。皇帝則與刑部尚書程克義演了場戲，借此敲打以何庭玉為首的文臣集團。」
「這層我明白。但皇帝為何要殺何禎和社從？」
「很簡單，何禎是太后的人。」懷玉道。
秦顧有點驚訝：「何禎身居司禮監要職，所有朝臣奏摺都經他手。想不到竟然是太后的人。」
「這倒不難理解，皇帝幼時由太后撫養，卻不是她所生，本就心存猜忌。何況她的親兒安寧王，是手握一方兵權的親王，免不了引起皇帝忌憚，為了自保，太后當然要佈下耳目。」
「難怪皇帝要殺何禎。」
「剛才郭尋告訴我，半個月前，有人出了重金，請藏星閣的杜從殺一

個人，你猜是誰？」

「何禎？」

「說中了。而且還定下了動手的日子。」

秦顧回想起城牆決鬥那夜，兩敗俱傷後，杜從向何禎說：「江湖規矩，地點由你選，時間由我定。但你知道，實際上都不是我們選的。」

「如此看來，日子是關鍵。」

「一個月前，安寧王傳來軍情密函，指他在作戰時身中流箭，無法按時回朝述職。」

「像安寧王這樣手握重兵的邊境將領，耽誤回京時間，恐怕會招惹謀反之嫌。」秦顧心中愈發疑惑，「尤其南疆近來並無傳來戰報，像身中流箭這樣的理由，實在難以服眾。」

「安寧王手下有一裨將，位階不高，卻負責軍營主帳的周邊巡邏。他偷偷檢查過安寧王的日常飲食，不似有重傷在身。」

「你在軍方也埋下眼線？」秦顧瞪大了眼睛。

「可惜並沒有呢。」懷玉遺憾地搖搖頭，「那名裨將在參軍前曾上武當山習武，是道門的暗探。」

雖然一早知曉道家的勢力龐大，但真正與郭尋交流後，懷玉才明瞭他

們這一二百年的佈局張羅，已達到無孔不入的程度。縱橫家是設局謀略的高手，但終歸沒有足夠深厚的經營，自從六衡師太逝世後，她留下的情報系統只限於京中樞紐，無法肆意延展手腳。

「依我估計，安寧王本來確有異動之心，皇帝便乘機放出病重消息，引蛇出洞。據知安寧王麾下最精銳的赤甲騎，曾秘密行軍至幽州一帶。當晚，何禎便在雨夜與杜從死戰。」

「所以，這是皇帝的警告？」

「應該說，這本就是他佈下的局。宮中許多消息，都是由何禎傳遞給安寧王的。」懷玉解釋道：「包括皇帝病重，也是由何禎向安寧王確認。」杜從與何禎之間，有抹不去的深仇大恨，但如果沒有啟明帝首肯，何禎根本無法出宮應戰。為此，何禎背叛了太后和安寧王，傳遞出他人生中最後一則消息——啟明帝病重的假消息，換來快意恩仇的兩刀。

那夜過後，安寧王的赤甲騎也再沒有回歸邊境，悄然地消失在一場殘酷的伏擊裡。

「看來你和郭尋見面後，確實得到許多有用的情報，怪不得你如此在意，讓我去說服他。」

「郭尋以道門傳人的名義出任前朝國師，新帝上任後他卻辭去官職。

當今聖上朝中沒有國師，代表得不到道門勢力的支持，此後派人三請郭尋出山，他都不為所動，可見這隻老狐狸所謀甚大。」

「難怪皇帝如此禮待郭尋。」

「只不過，老狐狸明天就要動身離京了。」

「說到這個，」秦顧遞出手上的稿紙，「皇帝和郭尋到底在打甚麼啞謎啊？」

——皇帝道：昨晚夢迴，有麒麟自北方來。

——郭尋回：貧道明早啟程。

晨間霧重，城門剛剛開啟，便有一人一馬，緩慢地離開了應天府。

唐代有位玄奘法師，為求取真義，從長安偷渡出關，遠赴傳說中的佛法聖地，按照他日後口述的筆記推斷，那天很可能也是一個灰濛黯然的日子。

西行之旅險境重重，一路上歷經劫難，玄奘法師終於把經文拓本帶回

中土。相傳在他歸來之日，有鐵樹開花，枯井湧泉，城中宮廟所有佛像，都微微朝西方移位，似有低眉順目之意。大唐皇帝得知天降異像，急忙傳召玄奘法師，免其擅自闖關之罪，冊封為國師，廣傳佛法。

關於西遊的故事幾經改編，以曲詞傳頌，眾多版本雖各有可觀之處，卻始終不成經典。

直至一名姓吳的書生，把這趟旅途寫成一百回的神魔小說，讓法號三藏的陳玄奘從一個犯禁闖關的僧人，變成了受觀世音菩薩指點、前往天竺取經的金蟬子轉世，並得到唐太宗授以御弟的無上名譽，賜國姓，贈寶牒，確保他一路通行。唐三藏也先後收一石猴、一龍馬、一豬怪、一邪僧為徒，沿途降魔伏妖，誅鬼殺神，歷經九九八十一劫，終獲大日如來授以真經。

這個清晨，騎馬出關的人是郭尋，他回望土黃的城樓，向多年前被曝屍於此的鄒家後人，默默致意。

他自然不像那個為求真經，冒險私自出關的玄奘法師。郭尋此行往北，是受啟明帝所托，到胡國取回一件東西。他更像是《西遊記》裡，被袈裟寶牒、御弟名號束縛的唐三藏，若不能功成，等待他的便是欺君大罪。

陰陽家畢竟及不上玄門正宗的道家，有無數香火信眾供養，他們往往只能藏身於醫卜星相的市井道術中，風光之時，也不過入朝為官，當個欽天監監正，掌觀象衍曆之事。

若是天下太平，說些錦上添花的好話，並無大礙，但若星象揭示亂事將起，正直敢言的監正，多數要被治一個妖言惑眾之罪；曲言奉承的也免不了被事後祭旗，更不要提宮闈內的陰謀詭計，都要借他們的口，推托給鬼神，平白惹了業力。

自從郭尋以道家傳人的身份，行走天下，也獲知了許多道門隱秘。例如《西遊記》一書，看似講述佛教的東傳宏揚，卻是道家與小說家一脈，對外來教派的一記反擊。書中處處把佛教教義，偷渡為道門理念，故事裡更有太上老君自稱「化胡為佛」，企圖從根源上將道佛化成一宗。

郭尋有點想念好友涵虛子，也許他是對的，諸子百家傳承至今，早是你中有我，我中有他，既無邊界，又談何門戶之別。

可惜涵虛子在提到這些感悟時，正身處江南最有名的嫣紅院，醉醺醺地吵鬧着，說他已找到了此生至愛，決定要還俗，嚷嚷不久又轉了口風，說他是為了隱身千萬紅塵，體會真正的大道。否則他的這番話，應該會更有說服力。

「一日遇瀑布，靜觀，復參透至理。」

郭尋想起涵虛子退居山林的說辭，不禁搖頭失笑。只是沒料到當年隨意編做出來的理由，不但應付了道家的四座山門，還被六衡師太用來哄騙自己的徒弟，說不定在多年後，會流傳為年輕修道者之間的一則佳話。

遠方的山巒開始陌生，林間的白霧一層覆蓋一層，郭尋已離開應天府六七里路程，再走二十多天，就能抵達胡國邊境。

此刻濕重的樹叢上，有一枝箭矢從昨夜起就架在那處。

持弩的刺客半瞇起眼，用最緩慢的速率調整呼吸，只待不遠處騎馬的老人經過，就扣板射出淬毒的利箭。

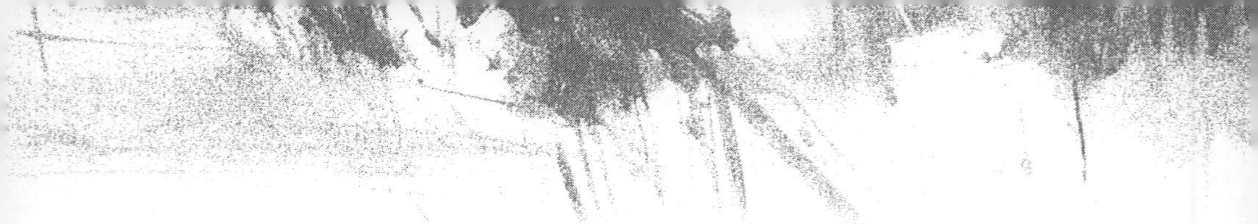

【第四章】秦顧

今天是個好日子。通勝上寫明，諸事皆宜。

秦顧收拾好一袋包袱，綁緊，反復檢查了幾次，才放心出行。

近來宮門對於內臣出入，看守得更嚴謹。畢竟前些天南京城中才發生了大事，司禮監秉筆太監何禎死在城門前，護衛軍在翌日早上，才後知後覺地清理屍體。大雨及時沖洗了血跡，應天府的居民在接下來的幾天都不敢直接飲用井水，總疑心裡頭有股腥鏽味。

朝野間為此盪起風波，各方勢力交鋒卻不見火花，反而是宮牆裡底層的變化更立竿見影。

伴在太后身旁的大太監，依舊是那位不露山水的齊公公，排位第二的何禎死了，自然有排在後面的人伺機上位。隨著掌權人更替，底下的宮婢太監也換了一批，在這輪人事變動潮中，宮中年資尚淺的秦顧憑藉平日結

下的善緣，得到看顧，不但調到御書房待命，出宮採買的肥差也落到了他手上。

今天正是秦顧第一次外出置辦物資的日子，鼓脹的包袱裡，還有宮女們偷偷手作的刺繡飾物，秦顧會趁外出工作時幫她們把東西賣到宮外，也從中撈些油水。

根據早年間編訂的《應天府志》所載，南京城裡人口計有八十三萬餘人，姓秦的有一百六十七戶，名字帶有顧字的，共一十三人，其中有商賈富翁，有城門護衛軍首領，有賭坊裡打算盤的，也有家境貧困而年幼淨身進宮的，同名同姓，各安天命。

秦顧出示令牌，侍衛仔細檢查了好幾次，他以為對方想要索賄，便遞出了幾枚銀錢。侍衛卻一幅如夢初醒的樣子，收下銀錢，又望了幾眼令牌上的名字才交回，神色複雜地放行。

宮門前雜聲處處，一隊巡羅人馬穿行街頭，人群見怪不怪，也不收斂，只是默契地讓出一條通道。

此時有人喊了聲：「秦大人」，剛走了幾步的秦顧下意識回頭，只見侍衛拱手，向帶頭的護衛軍將領行禮。

他心中自嘲，侍衛的這聲大人自然不會是喚他，宮中太監即使能位列司禮監的要職，多數也只能被叫一句公公，輪不上大人這樣的尊稱。

秦顧年少時讀過幾年私塾，可惜家族在十多年前的新朝更替中，站錯了隊。雖然家裡勢力太小，在浩浩蕩蕩的權力清洗中並不起眼，反而逃過死罪，未致於家破人亡，卻免不了散盡財帛。熬到山窮水盡之際，家中只好把幺兒送進宮中，既換得銀錢解燃眉之急，也圖他能在宮中得到貴人賞識，留個日後風光的機會。

只是，在一天之前，新近調往御書房、擔任太監領班的這位秦顧秦公公，並不叫秦顧，甚至不姓秦。他一直心心念念要復興的家族，也不姓秦，此刻他的父母已經忘掉了這個自幼送進宮裡的孩子，再過幾天，秦顧也會忘掉這個家族，和他悲苦的身世，成為一個無根之人。

應天府侍衛長秦顧，專責城中治安，履新不過七天，就發生了大事。

那晚的細節像一片沾濕的墨跡，無從辨識。秦顧只記得，當時他意識到何禎有可能是矯造口諭，對方已經瞬間拔走他的刀。

事後他不斷回想，卻怎麼也記不起刀被奪去之後，發生了甚麼，在回報給郭尋的密函裡，也只有何禎涉嫌謀反，強行控制城護軍指揮，這樣寥寥幾句的描述。

若把這樣的文書報告呈上去，當然無法應付朝廷，也堵不住悠悠眾口。

於是在刑部尚書程克義的授意下，一個圓滿的故事版本悄悄地傳遞到秦顧手上。按他最終的上報，當晚賊寇杜從意欲潛進京中，圖謀不軌，司禮監秉筆太監何禎奉旨外出辦事，恰巧察覺杜從的行蹤，何大人不懼生死，與賊人搏鬥，雙雙殞落。

「秦大人。」宮門侍衛拱手，叫住了秦顧。

「何事？」秦顧答道。

「宮裡下了旨意，凡進出宮門者都要出示令牌。」

「你知道我是誰吧？」

「應天府護衛長秦顧秦大人。」宮門侍衛的聲線平靜，但顯然話裡有話：「那晚以後，大家都記住大人的名號了。」

「哼！」秦顧把令牌拋了給宮門侍衛，侍衛略一查看後，把令牌遞

回，動作十分自然，在這樣一來一回之間，沒有人察覺令牌已被塗上劇毒。

按照計劃，應天府新上任的護衛長秦顧，將在三個時辰後毒發身亡。

「這是一個好故事吧。」秦顧道。

「唔，可是對我們來說，這樣的結局不算好。」懷玉道。

「動手的是藏星閣殺手，他們為杜從的死，遷怒當晚參與其中的侍衛長，於是動用潛伏的暗棋下毒，聽上去很合理，不是嗎？」

「合理歸合理，但這對我們有甚麼好處呢？」懷玉反問。

「京中先後兩位官員死於藏星閣，朝廷不可能毫無作為，否則人心會動盪。但實際上，藏星閣並沒有動手，自然就會認為是朝廷蓄意栽贓，利用他們除掉何禎後，反過來卸磨殺驢。」

「哦，真聰明。你想借此挑起朝廷和藏星閣的爭端？」

「對。為皇帝樹立一個躲在暗中的敵人，分散些精力，我們辦事就更方便了。」

懷玉把秦顧手上的宣紙接過來，墨跡還沒有乾透，看來才寫好不久。

秦顧雖然擁有「通感」之能，但不是操縱人心的異能，這次他在紙上所寫「宮門侍衛毒殺護衛長」的情節，並非已發生的事實，單純只是他的殺人計劃，上面仔細列明，如何安排道門潛伏在宮防系統裡的暗探動手，再嫁禍給藏星閣，時機和地點都安排得詳細恰當。

「想法不錯呢。」懷玉讀罷秦顧安排的殺人計劃，「可惜在野心太小了，一個藏星閣還不足以為皇帝帶來足夠的壓力。」

秦顧花了三日想出的計劃，瞬間被懷玉否決，自然心中有氣：「那麼，你又有何高見呢？」

懷玉露出她一貫胸有成竹的笑容：

「我當然已經為朝廷準備好一份大禮了。」

啟明帝是大漢朝第六位國君，自二百年前太祖陳友諒起，都面對北方胡國的威脅，來自極寒之地的狼騎戰力強悍，趁住春日回暖便會進犯邊境，搶奪糧食物資。

這些年來雙方戰事不斷，打了又和，盟約簽了又撕，互為彼此的心病。

近三十年前，啟明帝當政初期，朝廷力圖與北方胡國重建盟約，互遣使者到訪。然而胡國來使踏進應天府的第二天，就被藏星閣的殺手杜從刺殺，胡國朝廷大怒，杜從則自此聲名大作。

傳聞僱用杜從的幕後主腦，是一群遊走兩國的軍火商，他們不願讓停戰協議影響財路。不過朝廷多番調查，仍找不到確實證據，連主犯杜從都一直逍遙法外。胡國雖沒有為此挑起新的戰爭，卻把啟明帝派來的使者、啟明帝的叔叔穆親王殺掉，並揚言設下了生死戰局，要通過九關試煉，才能替穆親王收屍。

胡國身處北地之境，但並非茹毛飲血的落後民族，他們的文明發跡甚早，宗教、藝術、文化也有相當高的成就。只可惜國境之內，盡是千里風雪，缺乏可以耕作的沃土，也因艱苦的先天環境訓練出一隊如狼似虎的軍隊，所向披靡。

多年來朝廷一直派勇士到胡國，卻無法破解他們設下的九關試煉。在郭尋回朝的十天前，啟明帝下了一個決定，以某項胡國無法拒絕的誘人條

件，換回叔叔穆親王的屍骨。

* * *

「東北的三座州縣？這位聖上可真捨得下血本。」白馬之上，一個老人悠然坐著，衣衫如故，不見風塵，只有當事人知道，剛才發生了一場出師未捷的刺殺。

老人是郭尋，身兼諸子百家裡陰陽家與道家兩脈的傳人，為當世頂尖高手，即使再縝密的刺殺計劃，除非派出實力相當的刺客，否則注定失敗。

這樣的刺客世間只有一個，在藏星閣。不巧的是，藏星閣這位最厲害的影子刺客杜從，數天前死在南京城門。

郭尋從泥濘裡拔出毒箭，嗅了嗅，認出裡頭幾種混合的草藥，確認了是藏星閣的風格。至於躲在樹上的刺客，早已被郭尋一劍斃命，像這些死士，基本上無法留活口。

一般人若是遇刺，即使多麼處變不驚，也總會思索是誰人指使。但郭尋並沒有花時間去推想這些事情，他只是寫了一封密涵，提及幾項證據和

猜測，讓隨行信鴿捎回最近的官方驛站。

最快三日，郭尋遇刺的消息會傳回朝廷，他們會循線索找到藏星閣，然後經過幾重轉折，順利地發現下達命令的，是胡國在應天府暗中埋下的情報機關。

是的，因為這場刺殺本來就是郭尋與懷玉設下的局。

夜雨寄北。

所寄之物可能是一首詩、一封家書、一把木梳，也可能是一道劍意。

應天府迎來了首場春雨，屋簷下，途人疾行，鞋底泥濘翻飛。

春風不拂人，挾驚雷之勢而來。

秦顧在庭園練劍，懷玉坐在堂內，門是敞開的，風雨徐來，吹進到屋子裡。懷玉透過門戶看著，不時唸出招式名稱，提點秦顧套路應該如何變化。

劍法有兩套，一者曰縱，一者曰橫，「橫劍」主守，以虛務實，劍招變化無窮，一眼看去盡是幌子，無處下手；「縱劍」重攻，虛實互掩，招式落在此處，鋒芒卻刺在他方。

秦顧不擅武功，偏偏應天府危機四伏，懷玉只好把縱橫家的絕學傳給秦顧，讓他至少有自保之力。

捭闔、進退、反覆、不變。

劍訣只有四招，但從來沒有人敢輕看這縱、橫二劍。

只見秦顧手腕一轉，劍招變陣，「捭闔」講究分、合之道，虛位以待，伺機實擊，「進退」之難，在於審時度勢，「反覆」則是險招，非得有後手，才可施展。以上這三招並不難掌握，只要有一定聰慧，習慣隨時觀察細微之處，自能上手，當日破廟之中秦顧向郭尋使出的三記舌劍，便是這三招。

唯獨是縱劍裡的「不變」，至今秦顧都無法學會。

長劍直劈，又復迂迴，庭園裡夜雨飛濺。秦顧正準備收招，忽然一道白光刺來，他以「進退」之道，擋劍於胸前，側身，迴斬對方後背。

那人卻不閃不避，轉頭對望，竟然是懷玉。

秦顧來不及收力，只好硬生生把劍招往上斜，仍削去了懷玉半寸有多的頭髮。

「偷襲就算了，反正不是第一次。但為什麼這次偷襲後，卻又不躲。」秦顧把劍收進鞘裡，語氣不善地問。

「你不是一直都學不會『不變』嗎？我不就只好親身示範了。」大概懷玉亦覺得有點冒失，罕有地露出抱歉的笑容。

「難道你想告訴我，所謂『不變』的劍意就是任人魚肉，捨身取義？」

「當然不是。」

「你剛才跟自殺沒有分別。」

「縱、橫二劍共有四招劍式，也可以說是劍意，但其實都是同一回事。」懷玉說。

「我明白，要把握『反覆』的時機，得先懂順應事態，是為『進退』；而曉得『進退』，又必先觀察出人事的分合，是為『捭闔』。」秦顧回應道。

「所以『不變』也是如此啊。」

「我還是不太明白。」秦顧皺眉。

懷玉聽罷，沉默了許久，最後只好對秦顧說，領略劍招是急不來的，

勤加練習吧，說不一定某日就能想通了。

當時懷玉暗下決心，此生都絕不會告訴秦顧，這天腦袋裡想起的，其實是多年前師父六衡師太跟自己的一段對話。

「懷玉，待你日後出師闖蕩時，得記住一件事情。」

「請師父教誨。」

「雖然我們縱橫家所專研的，是陰計陽謀，往往會比大多數人聰慧，但還是要心存敬畏，對天地，對人心，保持尊崇和警惕，切不可自以為能算盡世間。」

「徒兒明白。」

「不過呢。」六衡師太語氣一頓，「道理是這個道理，以後你會遇到形形式式的人，有些人在旁人眼中，已經算是聰慧，但你可能還是會覺得，唔，怎麼說呢，可能你還是會覺得對方，有點蠢。遇上這樣的情況，你切記，切記，不要隨便打擊對方的自信，知道了嗎？」

「知道了。」年幼的懷玉雖不太明白，還是應承道。

有點蠢嗎？懷玉看著秦顧，心裡想，原來師父的意思是這樣啊。

爐灶生火，房子裡泛起暖意。

秦顧把濕漉漉的衣服掛起，水氣微弱地蒸騰，細不可見。

從冬至到春分，不過是兩三個月的事，天下卻發生了大變化。

先是國師郭尋秘密出使胡國，啟程不足兩日，就因為遇刺而歸返，根據調查，是胡國僱用藏星閣殺手所為。朝野大為震驚，在兵部的堅持下，胡國暗中發展的情報機構被連根拔起，涉事者達數千人。

只是這個驚人的數字裡，有沒有人趁機牽連，剷除不相干的政敵，其中的曲折，就不得而知了。

與此同時，郭尋背後的道家門派也聯手動用江湖勢力，針對藏星閣的數個頭目，下達了追殺令。一個專職暗處刺殺的組織，大概沒料到竟會面臨被追殺的處境，成為了在黑夜提心吊膽的一群人。再加上早前首席影子殺手杜從，殞落於城門冬雨中，曾經輝煌的藏星閣，聲勢已經大不如前，道家門派甚至不必落井下石，多的是願意痛打落水狗的人。

事情很多，但其實很少，甚至說到底都只是同一件事，或者說，都是同一個局裡的諸多後續。

「皇帝派郭尋到北方，想用東北的三座州縣，換回叔叔穆親王的屍骨。但實際上，他想換來的是一紙盟約。」懷玉把手靠近火爐，很是舒適，只覺得這真是當下人間最奢華的享受。

「割地？這不是結盟，而是進貢吧。」秦顧不解，「皇帝應該知道，此事犯了天下之大不諱吧。」

「當然。皇帝原先的想法是，胡國會像往年般，趁春日舉兵來犯，到時朝廷的軍隊在路上遇到阻滯，救援不及，以致東北三州落入異族之手。」

「失了祖宗的地方，他不心痛嗎？」

「別忘記，六十年前東北的這三座州縣也不屬於朝廷，本來就是搶來的，與其每隔十幾年，耗損軍力平亂，倒不如拿去換好處。」

「我倒好奇，到底有甚麼天大的好處？」

「十年和約。」

秦顧靜默，不知是要憤怒還是大笑。

「也太少了。」

「對皇帝來說，足夠了。」懷玉的雙手漸漸暖得有點發痛，「他也大概

只能多活幾年罷了。」

「但要死多少人呢？」

懷玉沒有回話。

往日邊境雖然紛亂不止，但近年胡國只為掠奪糧食，少見人命傷亡，中原腹地富庶，東糧西移，也不至於餓死人。可是倘若啟明帝的計劃成事，駐紮東北的軍隊想必不會有活口，以胡國向來的威壓統治，佔據新領地後，在民間又有一輪清洗與殺戮。

「這些年來，東北各處本就有騷動，朝廷一方面鎮壓，一方面鼓弄民心。三座州縣一旦落入胡國，人心躁動，朝廷可以不還擊嗎？」秦顧再問。

「皇帝自然有後手，可能是一宗科場弊案，又可能是一次大禮議之辯，只要動靜足夠大，再派軍隊到新的邊境，打幾場不痛不癢的仗，再過一陣子吧，就無人會記得。」

「這、這太可怕了。」

懷玉把暖烘烘的雙手收回，連帶臉色都有點紅潤。

秦顧看著，竟有些失神。

「不過，好在這個計謀已經失敗。」秦顧連忙回過神來，記起懷玉曾經說過已經為朝廷準備好一份大禮，想來就是此事。

相比自己原本殺人嫁禍的籌劃，她一出手就破壞了朝廷與胡國的結盟，更差點順手覆滅藏星閣，的確是高明不少。

「朝廷勢力錯綜複雜，皇帝老糊塗了，先是出手敲打年幼他二十年的安寧王，引蛇出洞，滅了他最精銳的部隊。又甘願冒天下忌諱，以國土與胡國結盟，不過是想給繼任的太子鋪路。」

「但你說過，兵部主戰，安寧王在軍隊很有聲望，首輔何廷玉近年來的態度，更是曖昧。皇帝的計劃本就不易成功，眼下看來，算是一勝一負。」

「也多得郭尋這老狐狸回朝的時機恰恰好，胡國多次南下侵犯，但全國上下卻對道家哲理深感興趣，對道門中人多加禮遇，皇帝派郭尋作使者，雖是臨時起意，也有這層道理在。」

「難道皇帝也把他的暗中盤算，告訴了郭尋？」秦顧問出心裡一直的疑惑。

「自然沒有。皇帝讓郭尋到北方，只為送信，事前他已經透過胡國的間諜機構，與對方商量好種種細節。只待信到就可以行動，而郭尋就是那封無字信，當然，也是變相的人質。」

「一國之君與敵國的暗探聯絡，聽來有點太荒謬。」
「雖然不會是親自出面，但也差不多如此吧。」
秦顧忽然想到一個可能。
「該不會，道家連胡國的情報機構裡，也埋了暗探吧。」
「我說過，胡國上下都對道家哲理深感興趣。」
「難怪你們會知道皇帝與胡國的交易內幕，更能將藏星閣買兇的線索，引導到胡國身上。想來皇帝也會覺得，胡國出爾反爾，甚至從頭到尾都只是想戲弄他。」
「嗯，基本上就是這樣。」
小局已定，但大勢尚未明朗。
「下一步要如何？」
「先練好劍吧。」
「好。」

屋外，雨已經停歇，天地被清洗過後，一切如新，也如舊。
屋內的懷玉使勁，把劍擲出，隨後持劍出門。
秦顧接過劍，跨過門檻時，恰好望見夜空最澄明的北斗七星，卻想起

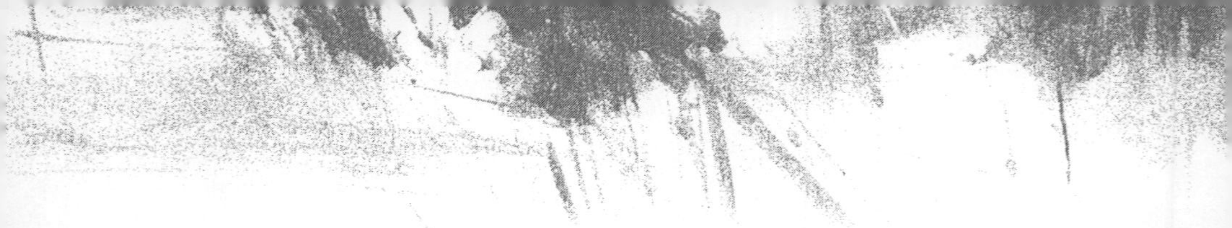

了南方。

他的南方。

第二部

仿擬的雨

包括杜撰的風、抽象的海，
它們只剩下輪廓可以虛構。
但遠山尚有眉目，
仍舊給我們懸下一幅旗幡。
碼頭將飄回來一則則鬼故事
認領他們的頭顱。

【第五章】初見

陸地之南，沿岸，近海，多雨。

漁村的碼頭又有船隻歸來，一去數日，大量的海產從艙裡傾倒上岸，鮮味與腥臭，一線之隔，在碼頭工作的人早就習慣，只求平安抵岸就好。

只此一願，平安就好。

海不知深淺，翻波，便捲走無數生死。水裡有鬼，岸上自然就要有神，南方多廟，一座座道觀佛寺，香火不斷，神像慈眉善目，面朝大江大海，不知道能守護多少討海人的平安，但至少養活了廟中的道士僧人，還

有年幼的秦顧。

秦顧還是嬰兒的時候，就被抱到了平安宮。

他並非身世不詳的孤兒，秦顧的父母是漁民，往日與人積善，卻在一次出海遇上狂風，沒有再歸來。受託照看秦顧的鄰居，是一名獨居老婦。但即便她很喜歡孩子，實在無法多養一把口，只好把這半歲大的嬰兒送到宮廟。

在這一帶村落裡，平安宮算是最有規模的，殿上供奉的是天后娘娘，宮廟人員本不想收留，但當老婦抱住秦顧離開時，天色大變，落雷不止。住在後院的老廟祝見狀，向天后娘娘求了一卦後，出面應承收養秦顧。

據村民後來的傳言，那日異象是天后娘娘下的神諭，只因秦顧的父母死在海裡，天后娘娘本想挽救，無奈水災兇險，人壽天定，所以特別看顧他們的兒子，算是某種補償。

十二歲以前，秦顧活在宮廟裡，老廟祝教他認字，為的是看懂籤文，再察言觀色，替人解惑。

十二歲這年，村子裡來了一位中年儒生，聽說是秀才老爺。

秀才到臨平安宮，求了一籤，像這樣的大人物，只有年資最深的老廟祝可以替他解籤。

「你的傳人叫秦顧，那年他死了父母，天后娘娘替你養在這裡。」老廟祝對中年儒生說。

「那小子有讀過書嗎？」中年儒生問。

「識些字，不通經文。我只教過他解籤詩。」

「明天開始，他跟我一起住。」

「好。」老廟祝答得乾脆，閉目，免得讓對方看到自己眼神裡的不捨。

「要替我解籤嗎？」

「不是現在，也不是我。」老廟祝想了想，「到哪一日你想離開了，就來廟裡取籤詩，秦顧會替你解的。」

「這樣也好。」中年儒生把竹籤放回筒裡，默默記住，是第三十四籤。

中年儒生姓馮，名叫夢龍，秦顧與他首次見面時，只覺得對方是個脾氣古怪的讀書人，比起沉默少言的老廟祝，更不易親近。

馮夢龍在村子裡建了一間書齋，也不正式收生，卻開放給所有小孩來聽課，講的也不是四書五經、詩詞歌賦，而是小說——他寫的小說。秦顧

每天的工作，就是在學堂裡，把馮先生的小說唸一遍。

「說話的，只說西湖美景，仙人古蹟。俺今日且說一個俊俏後生，只因遊玩西湖，遇著兩個婦人，直惹得幾處州城，鬧動了花街柳巷。有分教才人把筆，編成一本風流話本。單說那子弟，姓甚名誰？遇著甚般樣的婦人？惹出甚般樣事？」

秦顧一邊讀，一邊偷看馮夢龍的神情，只見他滿臉陶醉地聽著自己寫的故事，心中想，先生原來也是個自戀的俗人，不免既心安又失落。

故事一個接一個地講，聽課的孩童愈來愈多，他們的父母原先只是衝著馮夢龍的秀才身份，幻想自己的兒子也有天考得功名，即使不能，至少也能識些字，到城裡做些風光的工作。直到夜裡聽到孩子回來複述課上內容，雖然可惜沒有教甚麼正經的，竟也被小說的後續吸引，就算聽到露骨處細聲罵句為老不尊，翌日還是催促小孩準時去書齋。

三個月過去，秦顧從「俞伯牙摔琴謝知音」講到「白娘子永鎮雷峰塔」，馮夢龍坐在椅上，從來不說些甚麼，只是在恰當的地方叫停，讓故事留在下回分解。

這天秦顧病了，卻不敢請假，生怕馮夢龍會換別的人來讀，那樣他就不能再提早在前夜得到小說的稿子。所以秦顧寧可拖住高燒的身體，也要

到書齋去。結果讀到法海禪師把白蛇和青魚壓在雷峰塔下時，秦顧就體力不支，昏厥過去了。

秦顧再次醒來時，馮夢龍已經坐在廳堂裡，桌上放好一碗熱粥。秦顧走出房間，看見白煙騰騰，米的香氣入胃，也入魂，卻遲遲不敢伸手去拿，只是保持拘束地站在門邊。

「既然是煮給你小子吃的，就不用這般。」馮夢龍示意秦顧坐下，眉目間比往日多了些親近。

秦顧一征，才慢慢拿起白粥，坐在另一邊的椅子上，強忍狼吞虎嚥的慾望，一口一口地吃，卻是懂事以來第一次吃別人煮的東西。

「病得這般重，為什麼還要去上課啊？」

「先生的故事好看，我捨不得。」

「是這樣啊。」馮夢龍微微一笑，沒有多說些甚麼。

那天以後，馮夢龍在課上多了些話，但對於這群村野孩童而言，只是不明所以的怪話，唯有秦顧似懂非懂地用心記下。

「世事如魅，玄幻不可歸咎，但天地有道，因果必然會在。杜十娘沉箱，只因遭遇李甲；二人會在教坊司相見，蓋因李甲捐錢買監；歸根究

柢，會有捐錢買監的先例，還是朝庭為了發兵征討。」

「蘇小妹三難新郎。每道題都在說：我不想嫁。她兄長知道，對題的秦少游知道，但二人還是合力把題目解了。此般悲劇，只是世間千萬之一。」

秦顧在許久以後回想，才漸漸明白那些話裡的乾坤萬象。這個世界也許要到更多年後，才理解這位仕途落魄的秀才，所留下先於時代的真言。

馮夢龍死了，應該說，就快要死了。

在他去世的前一天，秦顧剛過了十七歲生日，二人已經一起生活了五年。

這天夜裡他們吃了一頓豐盛的晚餐，有魚有菜有肉，魚是蒸魚，菜是炒菜，肉則是早上秦顧在林子裡獵來的山雞，烤得微焦，一撕開，汁液和着油脂流出來。

「明天替我去平安宮裡取一枝籤。」馮夢龍把雞翅膀夾進秦顧碗裡。

「師父要取甚麼籤？」秦顧問道，就在一個月前，他正式被馮夢龍收為弟子。

「第三十四籤。你那廟祝爺爺知道的。」

「說起來，這些天變涼了，不知道爺爺的舊患是否又發作。」

「這次過去，順道陪他在廟裡住幾天吧。」

「好是好，但我不在，師父肯定照顧不了自己。」秦顧小聲道。

「你小子有話就大聲講。」

「沒甚麼，沒甚麼。弟子是說，明早就起行。」

「唔。」馮夢龍這才滿意，然後又若有所思地道，「天涼了，日子也快到了。」

入夜以後，風清氣爽，雖則秋日正是好眠之時，但馮夢龍卻依然精神奕奕，在書房裡跟秦顧上課。

說是上課，但秦顧卻對此存疑。自一個月前被正式收徒，他每晚都會被馮夢龍查問作業，原先秦顧倒十分好奇，這小說家一脈的學問到底會如

何傳承，但很快他就發現，事情似乎有點不對勁——

「來說說，為師這篇〈白娘子永鎮雷峰塔〉有何驚人之處？」

不錯，在秦顧看來，他每日的課業就是稱讚馮夢龍的小說。

「依弟子愚見，這故事寫千年白蛇與凡人書生許宣相愛，即使被法海禪師挑撥阻擋，依然一往無前，最終被鎮雷峰塔下，可見真情難得，小說寫得感人肺腑。」

「濫俗。再想。」

「那法海禪師滿口仁義，恰似儒家那群偽君子；蛇為胡國圖騰，暗指外族；許宣則是這天下黎民的化身……」

「穿鑿附會。再想。」

「白蛇與法海鬥法一節，術法攻守，瑰麗無比……」

「膚淺，再想。」

「這故事就是好看，不可以嗎？」不斷被否定的秦顧，忽然生出幾分脾氣，「白蛇不惜性命追求心中所愛，弟子讀來感人，許宣最後背叛白蛇，

雖然看得惱怒，卻也有幾分明瞭與同情。這些理由，還不夠嗎？」

「夠了。」

秦顧回過神來，才意識到自己語氣不善，連忙賠罪，「師父，我……我不是那個意思。」

「我是說，你小子總算講對了一點。」馮夢龍卻笑了起來。

「白蛇是循道家法門修煉的妖精，有愛更有慾望。法海是佛門中人，絕情棄愛，所以要斬妖。兩者之爭，本源上是佛道之辯。許宣夾在其中，是最鮮活的人，他生性懦弱，事事懼怕，卻是人性所在，可惡卻不見得可恨。」

馮夢龍看著正在默默思索的秦顧，給他留下最後的話：

「如今人人都說『存天理滅人慾』，最是胡鬧，人都滅絕了，那裡會有甚麼天理呢。這點是我小說家一脈存世之本，你若暫且不明白，也不打緊，總會有天學懂的。」

行藏對錯要知機，老鶴何天不可飛，
道合可行非則止，此身莫為稻粱肥。
第三十四籤，中下。

馮夢龍來到村子的第一天，向天后娘娘求了一卦，所得的正是第三十四籤。籤文這回事，雖然有上中下細分九品，卻往往不會絕人後路，中下籤意味事有順逆，不會好也不算太壞，但若要強行讓所求之事實現，就要付出更大代價。

老廟祝清楚這個道理，又明知絕對無法勸服馮夢龍，只能在日後交給秦顧來解，想著說不定會有轉機。

過了五年，秦顧來取籤了。

他讀了讀籤詩，心生不妙。

「爺爺，師父所求之事到底是甚麼？」

「收你為徒。」老廟祝道。

「什麼意思？」

「顧兒，你師父對世間的許多看法，與朝中掌權的那些人不同。當年有人讀懂了馮先生的小說，認為是大逆不道的東西，要殺他的頭。於是馮先生一路從京師南下逃亡，想為小說家一脈找到新的傳人，於是就遇到了你。」

「那這支籤又是甚麼意思？」

「天后娘娘在十七年前救下了你，但無奈救不了你師父，只能留他一線生機。籤文所示，若是他願此後歸隱，放棄小說家的身份，就能保他晚年的安穩。只可惜……」

「只可惜師父還是收下了我。」秦顧遲疑地應道，心中生出不祥的預感。

秋涼肅殺。

一隊從應天府來的刺客，自初秋出發，到達這座南方村落時已是近冬。

馮夢龍聽見他們踩在枯葉上的聲響，按理說，職業殺手的身法不會顯出這麼明顯的破綻，唯一的解釋是，他們在殺人之前，還有幾句話要講。

「見過馮先生。」領頭的刺客走進廳堂裡，拱手說道。

「拿刀的。你是藏星閣杜從吧？」馮夢龍反問。

「馮先生果然見多識廣。」

「只是你不想藏匿罷了。」

「京中有人托我們傳話，說馮先生您違反了規矩。」

「知道了。說來說去盡是些廢話。」

「話既帶到，那麼就得罪了。」杜從拔刀，勢如破竹之斧，在寂靜的空氣裡撕出無數裂口，每處隙縫裡則藏著巨大的風暴。

一招秋殺。見者斃命。

秦顧衝出平安宮，往書齋的方向跑，很快發現了不妥。

廟外的這段林間小路是秦顧自幼就走慣的，如今行了快一刻鐘，卻仍在翠綠的樹灌矮叢中繞路。

他仔細環顧周遭，看見枝葉飄動，但明明四方無風。他再把地上的一塊石子拋出去，聲響卻從身後而來。秦顧這才知道，自己陷進了障目的陣法。

「想不到這麼快就被你發現了。」老廟祝不知何時，從叢林裡走了出來，「既是如此，我也就直說吧，顧兒，你不能去救人。」

「為什麼？」

「當年馮先生被追殺，道家出面保人，承諾馮先生一天不收徒，各方勢力就保他一天安全。一個月前，你正式被馮先生收為徒弟時，就已經預視了今天的結局。」

「這不公平，我現在就跟師父脫離師徒關係，總可以了吧。」

「顧兒，你這又何苦。」老廟祝嘆了口氣，眼中不禁流露不忍，「況且以你師父的身手，倒不一定會出事。」

杜從的刀正要猛然砍下，馮夢龍不知從哪裡取出長劍，側身一擋，如春風斜雨，把杜從強大的攻招化為無形。

即便是與馮夢龍生活了五年的秦顧，也不知道這位看似文弱的中年秀才，竟也是武道高手。

「好一招脫殼入夢。」杜從卻不意外，「早就聽聞先生的劍法有獨到之處，想不到今天才有機會領教這套藏蟬劍法。」

「冬天都快來了，蟬聲怕是不合時宜呀。」馮夢龍語氣輕鬆，神色卻凝重了幾分。

刀比人快，杜從的眼睛才看往馮夢龍的小腹，鋒刃已經割破了對方的衣裳，險些砍傷血肉。一招未得手，杜從繼續連綿的攻勢，如山巒疊嶂，封住對方的所有退路，只能死守。

被層層圍困的馮夢龍唯有劍招一變，硬是受了一刀，以傷勢換得先手，利劍迴圈反砍，挾著細微的聲波，仿若蟬聲陣陣。

霎時間，廳堂裡的山谷罡風，全都消散無影，只有林木成蔭的悠然。

眾人心神一頓，陷住無來由的平靜裡。

這種平靜就像在小說最驚心動魄之時，滿堂聽眾全都屏息以待，然後說書人一拍醒木，用突如其來的聲響，直擊心神，使人毫無防範地，陷進故事所牽引的情緒裡。

馮夢龍是寫故事的高手，當然最擅長出其不備的殺招。

此時，一道如蟬翼般透明的劍從後刺出，只差半寸就要貫穿杜從的心臟。

在陣法擬造的林蔭裡，秦顧賭氣地坐下，往四處隨便擲石頭。

老廟祝默默看著秦顧的舉動，不知要如何安慰，心想也只能讓他好好發洩情緒。

一塊接一塊的石頭落在石階處，有的則被拋到樹枝上、爛泥裡，甚至是老廟祝的腳邊，漸漸地，他發現了有些不尋常。

「你是在——」老廟祝語氣中滿是不可置信，「不可能的，你怎會懂得解這迷陣！」

「因為我是師父的弟子。」秦顧冷靜地道，「這一個月來他教會我許多事情，沒有教我的，也偷偷從書上讀了不少。昨天早上到山林打獵時，為了追捕山雞，不小心迷了路，後來我想那可能是某種陣法迷障，於是晚上就偷翻師父的藏書，學會了些陣法基礎。」

「用了一晚時間就學會了？」老廟祝驚訝之餘，又嘆了口氣，「難怪馮先生不惜一切，也要收你為徒。」

老廟祝的身軀開始淡去，秦顧知道這是陣法消逝的徵兆。

「不用擔心的。等我去找師父，帶他過來，今晚煮一桌好菜給你們吃。」

一陣刮骨的風吹住林子裡。

那意味冬天到了。所以蟬要死了。

只有很少數的蟬會看到冬天——

馮夢龍見過，在他的惡夢裡，世界是祥和的樣子，人們活在靜默的寒冷中，守舊、保守、安全，沒有情愛，更沒有悲喜，像一尊尊人造的佛像。

那個早上他醒來後，開始寫小說，愈寫愈多，愈寫也愈激烈。後來出現了一個穿儒服的老人，對方竟然知道馮夢龍在寫甚麼，更說服他成為小說家的當代傳人。

一切都是以夢為開端，後續的進展也像夢一樣荒誕鬼魅。

過了不久，那個老儒生就以叛國論罪，當街斬頭，被掉到亂葬岡。馮夢龍花了好些功夫，才從一大堆屍骸裡找出老儒生的遺體，送到偏僻的郊外，秘密安葬。

然後他的小說也被人找到了，原本在市井通行的話本，一夜之間成為

了禁書。最後馮夢龍逃到了南方的一個小漁村，碰見秦顧，這個值得他誇耀一輩子的徒弟。

於是新的故事要開始，雖然那意味舊的故事不能停在「下回分解」，而是要真正結束。

醒木拍空。

劍斷了。

杜從的刀法，名叫「秋殺」。

既然整個秋天都是殺意，只要藏身其中，無論有多透明，一旦動了，就會被目睹，然後被撕開。

更何況杜從本身就是藏刀的高手。

他真正的殺著早就放置林間，如螳螂，如黃雀，更像秋獵的捕鳥人。

由始至終與馮夢龍對招的，根本不是杜從，雖然那人也是藏星閣的頂尖高手。真正的杜從一直隱匿在這群殺手裡，不動如夜，只待此刻斬出致命的一刀。

——蟬聲靜默。

如果秦顧再早一點破陣，如果他再強大一點——如果馮夢龍從來沒有收他為徒，結局可能會不一樣。

但像他們這樣寫小說的人都知道，有某些「如果」是不切實際的，因為馮夢龍必定不願苟且偷生；因為秦顧一旦成為馮夢龍的徒弟，殺他的人就會立刻趕來；也因為馮夢龍必須及時死去，才能保證秦顧還在平安宮陣法的保護中。

秦顧抱起馮夢龍漸冷的身體，眼淚流了下來，想用力喊一句「為什麼」，卻發現喉嚨已哭啞了。

今天他問了許多遍「為什麼」，為自己的疑惑要一個解答。唯獨現在這一句，是為他的老師而問，求一個公道，卻沒有人可以為此回答。

這個晚上，天空落盡了最後一場秋雨，枯乾的土壤變回濕潤，把無數昆蟲的屍體重新好好埋進去。

【第六章】

故事裡的故事

馮夢龍的葬禮上，老廟祝說，他也快要死了。

老廟祝看上去已經很老了，十七年前看見尚在襁褓中的秦顧時，還不知道自己會衰老得這般快。

在新的生命面前，所有事物都會顯得垂暮、無力，但同時燦爛。因為他們將見證奇跡，像是秦顧第一次說話、第一次走在平安宮的青石板上、第一次跌倒，以及第一次展現他的異能，如神明般附身在別人身上。

沒有人會懷疑老廟祝的虔誠，但他畢生所信奉的，到底是聖域的道還是世俗的道教呢？直至三十年前他被指派到這座南方的宮廟時，老廟祝才有時間靜下心來，思考這個問題。

道教在世俗裡頭盤根錯節，老廟祝是裡頭的其中一顆種子，像他們這

樣的種子必須懷有堅定信仰，同時擁有老練的處事手腕，為道教的佈局做一步可能終生無用的棋。所以他們也必須愚鈍得，不會思考個體存在意義之類的問題，或者聰明得在想出答案前及時停下，佯裝從沒想起，以免自己摧毀了自己。

秦顧十歲這年，老廟祝還只有六十歲，他見證過許多奇跡，例如身患絕症的婦人喝下符水後痊癒，例如師兄們刀槍不入的金身，又例如當年犯下殺害同門的罪孽時，三清太上老君降臨，施下雷鳴神諭，讓掌教答應放他一條活路，給他戴罪立功的機會。

只是這樣的奇跡，都及不上秦顧十歲那年發生的事。

一個平平無奇的清晨，秦顧醒來時，告訴老廟祝他昨晚半夜的怪夢。夢中，秦顧變成一個中年漢子，住在隔壁村子，由於前些天上山打獵迷了路，在林間住了兩晚才回家。怎料他拖住疲憊的身軀歸來時，竟看見一個陌生男子跟妻子睡在自己的床，便推想一定是妻子以為自己遇害，忍不住寂寞便與人勾搭，他一怒之下，拿起斧頭砍死了那對熟睡中的偷情男女。

夢很真實，也很詳盡，包括房間物件的擺位、斧頭斬了多少下、天色暗到甚麼地步、二人的頭顱又是如何被掛到了草屋外。老廟祝好奇秦顧怎

會記得這般細緻，秦顧便拿了一張稿紙，上面寫滿他的夢中故事，字跡是秦顧的，但他已毫無印象了，想來是半夜夢遊時寫下的。

如果事情到此為止，倒不算甚麼。只是當天老廟祝收到了隔壁村村長的口信，指他們村裡的一個獵戶，半夜突然發狂殺死了妻子和一個男人，更把頭顱掛了在曬衣的竹桿上，所以希望請平安宮的天后娘娘來賜下神恩，鎮惡祛邪。

老廟祝在翌日去了一趟，那個中年獵戶早就被制服，綁了起來。村長正在審問他，而所有人除了記得他叫「秦顧」外，完全忘掉了關於這個人的一切記憶。

這時秦顧還未知道，這是小說家上千年的傳承中，極為罕見的通感，他能接通另一個人的心神，實時並進，同步把所見所聞書寫下來，猶如附身著魔。不過代價則是，被代入的人將會變成無根的人，在所有人的記憶裡消失，而當事人也會變得一片混沌，只剩下一些似是而非、沒有具體細節的使命感（部份小說家傳人會稱之為「動機」），例如復仇，例如悔疚，又例如每天到山上破柴炊火做飯，行屍走肉地活著。

秦顧的故事是這樣的：他的父母在出海時死了，然後一個老婆婆養了他幾天，送到了平安宮，宮裡的老廟祝養了他十二年，然後一個叫馮夢龍的中年儒生來了，在正式收他為徒弟的一個月後，師父就死了，然後在馮夢龍的葬禮上，老廟祝說，他也快要死了。

他十七年的人生從沒有離開過這座南方小村，卻總是飄泊不定，不曾安定下來。

但秦顧從沒有想過去太遠的地方，他不敢出海，那是父母死去的地方，他曾經覺得自己可以往山的深處去。像是十歲那年，秦顧曾動念想到隔壁的村落去看看，想著想著就寄托在夢裡。那一夜，他夢見自己變成了隔壁村剛從山中回家的獵戶，秦顧不曉得自己是夢中之客，正期待會發生甚麼有趣的事，結果就目睹一宗殺妻抓奸的血腥慘案。

醒來後，秦顧把惡夢的細節全盤告訴了老廟祝。第二日老廟祝就出了一趟門，回來後好久一段時間，都用某種想掩飾卻掩飾不住的奇異眼光，看待秦顧。而小孩子總是能敏銳地察覺到異樣，直到老廟祝為秦顧求了一枝籤，他的態度才漸漸回復正常。

「顧兒，告訴你一件事，別太傷心。」靈堂上，老廟祝看著馮夢龍的棺

材說，「我也快要死。」

「爺爺，難道我是天煞孤星命嗎？」秦顧也看著棺木，聲音中沒有太大情緒波動。

「不，你還不明白自己有多特別。」

「十歲那年，我就知道了。我天生是來害人的，那晚我附身在獵戶身上，讓他發了狂，殺了自己的妻子。」秦顧突然抬頭，定睛看向老廟祝，「所以您那天回來後，態度才會變得奇怪起來。甚至乎，您也想過要把我除掉，不是麼？」

「我不否認，起先我真的有點害怕。只是當時我看著你，心想只有十歲的小孩，即使身上有些邪異，那也怎樣？難道我又可以下得了手嗎？」老廟祝迎向秦顧的雙眼，一時間蒼老得更厲害了。

秦顧也沉默起來，他想起那段時間裡，幾乎隔天就要喝一碗老廟祝給他的符水。在夜深之時，又總會偷偷看到大殿作法的火光，桃木劍劃破空氣的聲音咻咻作響，秦顧總覺得有天劍刃會刺往自己的身上。

「其實……其實我有的。」老廟祝突然說，「我真有想過要下手。某一個晚上，我把你寫下的夢讀了一遍又一遍，我感到前所未有的害怕，那些

心軟慈悲，那些殺死一個孩童的愧疚感，都抵不過此刻的恐懼。如果你日後長成了惡人呢？如果你也控制不了這個能力呢？我說服自己，把你殺了吧，對你來說也是解脫。」

「可能你是對的。」秦顧說，「但最後為什麼又沒有下手？」

「我準備好迷藥和毒藥，打算混在飯菜裡，讓你不帶痛苦地死去。」老廟祝詭異地笑了笑，「可是我最後遲疑了，我只是想，既然天后娘娘在十多年前把你救回來，就一定有理由，於是我請娘娘指點迷津。我跪在神像前問，應不應該把你殺死呢？擲了三次，結果三次都是笑筊。」

自幼長在宮廟的秦顧當然知道，擲筊時，倘若兩個筊杯的平面向上，就是笑筊，那代表神明對於所求之事正在考慮中，不置可否，也可理解為：祂在笑。

一笑置之、笑而不語、拈花微笑、捧腹大笑、只值一笑——這些都可以視為笑筊的解讀。

「天后娘娘沒有回答，於是我冷靜下來後，才想起了一些事情，讓我決定不動手。」老廟祝沉聲道，「這些事我埋在心裡幾十年，現在終於可以說了。倒也好，說完就可以死了。」

「爺爺，」秦顧語氣慎重地看著對方，「有些東西即使你想講，別人也

不一定願意聽，所以還是爛在肚裡吧。這是你當年教我替人解籤時，千叮萬囑過的話。」

老廟祝也看向秦顧，想了想才道：「你……你知道了？」

「知道一些。師父死前留了一封信給我，昨晚讀了，就全知道了。」

「倒也不一定呢。顧兒，不要盡學你師父，以為悟了些道理，寫些故事，就能知曉世間百態，這樣的心態會害死人的。」

「我就是全都知道。」秦顧雙眼突然落下淚，聲音再無法保持冷靜，像一個小孩子在賭氣，「所以才求您，不要說出來，不要讓我知道，好嗎？」

「原來是這樣呀……」老廟祝瞬間明白了對方的意思，卻感到無比安慰和解脫。

原來是這樣呀。意識微微晃神，老廟祝忽然發現，自己好像沒有真的把話講出來，裡頭只有思緒和回憶，沒有聲音，他只是不斷在想：原來是這樣呀，一時之間，心情暢快得竟然有點昏眩。

馮夢龍的遺書很長，但只交代了三件事，具體來說是三個人的故事：馮夢龍、秦顧和老廟祝。馮夢龍和秦顧的故事，已經很明確了，就是一個被權貴追殺的落魄書生，在逃跑途中遇上一個天賦出眾的孤兒，然後收他為徒，成為小說家一脈的傳人。

但老廟祝的故事並沒有這樣簡單明瞭，他大半生都虛耗在平安宮裡，卻恰好介入了馮夢龍和秦顧的人生，並處於關鍵位置，重要得彷彿他一早就已經抵達那裡，等待二人的到來。

開端要從四十多年前講起，當時老廟祝還不老，也還未成為一個廟祝。他叫文旭昌，只有二十歲，是武當山內門弟子，天賦不特別高，但在一群平庸的弟子中已經十分顯眼。

那一年，啟明帝還沒有登基，只是一個不受關注的皇子，雖然養在當朝皇后膝下，但並非皇后親生。在這樣的處境裡，年輕的啟明帝只能不太耀眼也不太窩囊地活著，唯一慶幸的，大概是一個叫何庭玉的太傅尚算欣賞他。

事實上，這位從後生起，就展現出老故圓滑的未來廟堂首輔，甚至認為啟明帝擁有爭奪龍椅的能力，只是何庭玉自然不會過早地透露出他的看法。

於是他只是保持遠遠的距離，適時地關心慰問，在這位年輕皇子的心裡，埋下一個因果。直到這天，啟明帝收到一份奇異的貢品，是某個遙遠國度派使者帶來的果實，由於外表和氣味都聞所未聞，幾乎所有王公貴族都不願收下，最後就輾轉中送到了啟明帝手上。

年輕的皇子還沒有他年老時那麼昏庸，換作旁人也許只會感到屈辱，他卻從貢品的來歷中捉住了一些關鍵詞：大海、西洋、船。

然後他找來何庭玉，在對方的協助下，啟明帝私下呈上了一份奏摺，既然遠方小國也有能力遠渡重洋，來我天朝謁見，朝廷也應派遣船隊探索大海的彼端，若可以殖民蠻荒島嶼，便能成就開疆闢土的不世之功。

儘管老皇帝認為提議過於天方夜譚，但從此把這個兒子記在心裡。

後來風聲走漏了，傳著傳著，人們就都以為老皇帝真的打算派出一隊出海船艦，引來朝野上下的議論和反彈。何庭玉不敢公然違背他所在的儒家陣營，保持沉默，啟明帝則承受了一浪接一浪的攻擊，他靠著提醒自己日後將要逐個報復的意志，咬著牙，也沉默過去。

等了好久，狡猾的老皇帝才出面闢謠，指自己根本沒有派遣船隊的打算和想法，一時群臣啞然，年輕的御史自以為他們的敢言起了作用，意氣風發，老練的大臣卻默契地不說話，是另有盤算，還是啞巴吃黃連，就只

有他們心知肚明。

唯一明確的是，老皇帝藉機摸清了官員間盤纏的隱藏勢力，伺機他日一一敲打，同時他也看到了啟明帝的忍耐和韌力，對這個兒子的反應甚為欣慰。

所以，就像市井傳言的說法：誰都說不定，啟明帝正是從這一次的事件中因禍得福，才成為了太子的有力候選人。

而在更遙遠的南方，消息並沒有傳遞得那麼及時。

雖然對於京城來的消息，富饒的商人甚至會比地方官員，知道得早一點、多一點，但以客觀的時間計算，從聽聞朝廷要派船隊出海，到證實事情只是謠言，無論是對平民、官僚，還是富商來說，這兩個資訊中間相隔的日子其實都是相若且悠長的。

像這般悠長的日子，足夠一個小小的風聲發酵成言之鑿鑿的事實。於是商人們開始造船，組建商隊，更招募了一群武林人士擔當船上護衛，只等海禁一開，就能隨朝廷船隊出發，到遠方做生意，雖然風險很大，但那意味著回報也會更大。

文旭昌——四十年後的老廟祝——就是護衛隊中的一員。

猛烈的太陽照在甲板上，文旭昌領了一群武夫在船上練功，他們必須習慣海上的搖晃，才能抵抗海盜。

這支護衛隊受聘於一個姓顧的瓷器商人，裡頭有十幾個人，來自江湖上各門各派，都想在這次遠航的大浪潮中分一杯羹。論身法根基、論門派地位、論人數，都是武當派佔優，所以由文旭昌擔任教頭，倒沒有引起任何異議。

「文師兄，真弄不懂宗門的意思，我們明明是大派弟子，為何要來這邊，跟一群烏合之眾做商人的打手？難道不是自降身份麼？」

說話的是曹近，只有十三歲，不久前才通過考核進入武當內門學藝。

「江湖之大，臥虎藏龍。曹師弟，千萬不要輕看任何人，任何事。」文旭昌看著曹近，想起自己剛入門的模樣，忍不住說教了兩句。

「師兄說得對，何況這支商隊並不簡單。」另一把聲音響起，是武當此行派來的第三人，李唯。

李唯續道：「這顧家是沿岸一帶最大的家族，近年來傳言，顧家老爺快要歸天，偏偏他最寵的是二兒子，顧家大哥怕他日家產全被弟弟分走，急於做出些成績獲得父親認可，才組成這一隊船隊。」

「難道宗門的意思是，想支持顧家大哥？」曹近驚訝地問。

「倒不一定，而且在我看來，這大的不成氣侯，顧家二子更有希望。」李唯說。

「可是顧家大哥看上去，還是有幾份魄力的。」曹近不解。

「曹師弟還是太天真了。一來朝廷開放海禁之事，還不知要待何年何月才落實，二來他們打算用船來運瓷器，海無定，瓷易碎，注定要賠本。如果宗門要支持顧家大兒子，可真像師弟你一樣天真無邪——」

「李師弟，」文旭昌突然打斷，「你知道的還真多呢。」

「抱歉師兄，是我多言了。」李唯感受到文旭昌語氣裡有些不悅，只好立刻住口。

文旭昌沉默地盯住李唯，看了好幾眼，李唯感到有點不自然，只好垂下了頭，沒有讓任何人發現到他複雜的神色。

許多許多年之後，每當文旭昌回想這個時刻，都極為後悔沒有把立即把李唯殺死，可惜此時的他只是說了句：練功，就離開了。

為了熟悉海的節奏，護衛隊一眾人會睡在船上，船體則被緊緊繫在碼頭。

有人趁著夜色，解開了船，駛到了大海中，然後他們放了一把火。

火光熊熊，遠遠地照亮了碼頭。

所有身處船上的人，都事先被餵了蒙汗藥，活活在睡夢中被燒死了，其中包括曹近。沒有在船上的，只有兩個人：文旭昌和李唯，當時他們正身處碼頭之上。最後，李唯也死了，被文旭昌懷著恨意，足足斬了二十三劍，血肉模糊。

當文旭昌拖住血跡斑斑的身體，疲憊地回到武當時，幾乎沒有人相信他的說辭。

武當派真武大殿中，掌教和長老們坐在堂上，把絕望沮喪的文旭昌丟到地上，他攤坐著，甚至無力用眼神向他的師父從雲道人救助。

「按照你的說法，那個晚上你剛好因為練功錯過了晚餐，又剛好看到李唯與一群海盜裡應外合，燒死了船上的人。你追蹤李唯追到了岸上，他便承認收了顧家老二的好處，為了破壞顧家大哥的航海生意，所以就殺人放火，甚至不惜同門情誼。於是你和李唯纏鬥，最後殺死了他，對嗎？」

在文旭昌僵直的記憶中，說話的應該是乾木道人，李唯的師父。

「掌教，如此荒謬無理的說法，簡直混帳。這樣殘殺同門的孽徒，難道還留他在此胡言亂語，辱我武當聲譽嗎？」乾木道人厲聲道。

「乾木師弟，此事我認為——」從雲道人正算開口為徒弟求情，怎料乾木道人已經取劍，使勁刺向文旭昌，一邊變招，一邊大喊：

「你用甚麼招式殺死你師弟的？是穿石崩雲嗎？還是這招掛劍凌意？」鏗的一聲，兩把劍在半空交會，一把被擊飛，是乾木道人的，另一把則握在武當派當代掌教，涵虛子手中。

此時涵虛子還不到四十歲，但武功深不可測，除了幾名隱居多年的江湖耆老，已少見對手，只見他緩緩收劍，輕描淡寫就擋下了乾木道人滿懷憤怒的一擊。

「師兄？」乾木道人回過神來，滿臉不解，「曹近也死了，他可是——」

「夠了！」涵虛子沉聲道。

「掌教師兄，旭昌是我弟子，我願為他的德行擔保，絕非殺害同門的人。」從雲道人見狀，連忙上前說。

「言下之意，我的徒弟就是見利忘義之徒了？」

「我不是這意思。說不定其中有甚麼誤會。」

「別人死了，他還活著，沒有甚麼好誤會的。」

「好，那就請掌教師兄定奪。」見對方並無迴旋餘地，從雲道人也只好冷冷地道。

「掌教，你怎樣看？」乾木道人也轉身望向涵虛子。

涵虛子雙手負背，看著文旭昌通紅的眼睛，他覺得自己應該要相信對方。可是那一個晚上，涵虛子的獨生兒子也死了，活活燒死在船上。那個化名曹近的弟子最近才進入內門，只有少數幾個人知道他的身份，是涵虛子出家前，留下的血脈。

此時，天空已經醞釀了好幾天的雷雨，身處陰冷大殿的涵虛子彷彿看到了曹近的魂魄，他就在一旁，盯住自己看。

如果真的是文旭昌做的呢？如果他判斷錯了，放走了真正兇手，曹近在天之靈一定會怪他的。

所以不能僥倖，更不能心軟。對吧。對吧？

涵虛子想著想著，還沒有真正決定時，話就已經沖口而出：

「孽徒文旭昌，殘殺同門手足，喪心病狂，罪不可恕。殺之！」

「對！非殺不可！」

「殺！」

「掌門三思。這不合規矩。」

「該殺！殺得好！」

文旭昌永遠記得，當時掌教彷彿恨他入骨的語氣。至於接下來別的話語，早就混搭在一起，沒有辦法也沒有必要一一區分是出自誰的口了。

在場喊殺的人也許很多，但也可能只有乾木道人一個，然而沒有人來得及真的動手，雷聲就來了。

天雷滾滾，迴響在大殿之內，神壇上的貢品忽然掉了下來。

乾木道人說，肯定是從雲道人攪的鬼。

從雲道人說，我要是有這般的功力，第一個找你討教。

涵虛子則把一切理解為，這是曹近在提醒他，抓錯人了。

於是文旭昌得到了一個重新活著的機會，他要改名換姓，回到曹近和李唯死去的南方，充當道教在那一帶的情報樞紐。那天起，一個小村落的平安宮裡，多了一個廟祝，他會把曾經的傷痛徹底藏匿，直到日漸年老，他已無力遺忘，記憶才會再次顯現。

【第七章】一個秘密與一些真相

一個秘密至少會衍生一個真相，有的秘密需要幾個真相才能解開，而有時為了掩飾一個真相，則會誕生出許多許多的秘密。

文旭昌前三十年的人生算不上是秘密，儘管他一直努力忘記，但事件的真相一早在那年的大殿上說清了：李唯是叛徒，為錢財不惜殺人。就是這樣，有人相信，有人不信，但無損這就是事實。

老廟祝心裡另外藏了兩個秘密，一個關於他自己，一個關於秦顧。關於後者的一切，在秦顧讀完馮夢龍的遺書後，應該都知道了。

「但我還是想親口說。」老廟祝用哀求的目光看向秦顧，「顧兒，就當

是給我一個機會懺悔，好嗎？」

「我怕自己會忍不住去恨。」秦顧別過頭，想迴避對方的眼神。

「不要緊的。」老廟祝有氣無力地說，聽上去就像安撫小時候跌傷的秦顧般，語氣柔和，「那些噁心的事情的確可恨。」

秦顧只好強忍情緒，看著老廟祝，示意他願意聽一聽。

「十七年前，我收到宗門的密涵，要我留意一個初生的孩子。自從我來到這座平安宮後，大部分時間都只是被動地收集情報，從沒有像這次般，要主動做些甚麼。」老廟祝緩緩地道。

「那個孩子就是我吧。」秦顧接話。

「對的。我後來才知道，道門出了一件大事，在掌教涵虛子無故失蹤後，他的好友、陰陽家主郭尋突然手持掌教信物，指涵虛子將掌教重任交托給他。道教各山各派自然不服，甚至認為郭尋殺害了涵虛子。可是最終不知怎樣的，郭尋竟得到了不同勢力支持，成就了史上唯一身兼道家、陰陽家傳人的佳話。」

也許是話太長，老廟祝咳了幾聲，秦顧想為他撫背，被對方擺手拒絕。

「要不我們先休息吧。」

「不必，時間也不多了。」

老廟祝指了指外面漸暗的天色，繼續道：「自古陰陽家就擅長占卜問卦，在對未來大勢的預測能力，更在道家之上。郭尋算了一卦，推測天下將有變局，關鍵人物會出現在南方。」

「所以道門一早就知道，我會懷有異能了？」

「改變天下的將星降世，必然不凡，但具體怎樣卻無人知曉。要不然，在你十歲那年展現出附身的能力時，我也不會如此驚訝了。」

「然後呢？你們是怎樣找到我的。」

「郭尋把所有派散於南方的道門探子，都放進了卦象裡，最終算出此子與我緣分最深厚。而這方圓幾里的村莊，近來只有你一個初生子。」

「師父說，他當年也收到道門消息，指他的傳人會在平安宮，但現在還不是時候，要他多等十二年。我不明白，既然你們說得我如此獨特，為何不乾脆把我留在道門？」

「宗門的信裡說，依卦象所示，你與我緣深，卻與道門緣薄。這是天命，掌教自然不敢強求。」

「所以，我會來到平安宮，也是冥冥中的『緣』嗎？」秦顧平靜地問，

力壓心裡波動的情緒。

老廟祝閉上眼睛，他終於等到秦顧問出這條問題，猶如亮出匕首的瞬間，他連利刃反射的光芒都不敢去看。

「是…也不是。」老廟祝調整了呼吸，開口道。

「是在何處，不是又在何處？」秦顧毫不留情地追問。

「你父母出海的意外，是道門所為。從這個角度，一切都是人造的。但從這人世間千絲萬縷的因果纏繞去想，這就是『緣』。」

「這是甚麼歪理？」

「所以說，你與道門緣薄。」

老廟祝在說過去的事，秦顧也強逼自己回想以往種種，包括六歲那年他半夜高燒時，老廟祝背他走了三里路往城中找大夫；七歲那年失足跌落水井，老廟祝想也不想就跳下來救人；還有十五歲那年老廟祝借故找馮夢龍請教《論語》，用這樣荒謬的理由足足住了一個月，實際為了來看秦顧。

從記事回想到十七歲，秦顧想了許多，才累積出足夠的勇氣問：

「關於我身世的故事，還有甚麼是假的嗎？」

「沒有了。」老廟祝泄氣地道，「十七年前那位老婦抱你過來，我一時

動念，不忍讓你捲進漩渦，便決定違背宗門之命，想把你送走。誰知道，廟外突然風雷大作，那些轟鳴彷彿當年在大殿上救我一命的雷聲。我就明白了，這是因果，是道教眾神明提醒我，此刻要還的恩。」

「那麼，你有份動手嗎？」秦顧一字一句慎重地問，「在我父母死的時候。」

「沒有。」老廟祝長呼了一口氣，「但我事先知情，沒有阻止。」

「好。」秦顧閉上眼，「那我們兩清了。」

「很好。」老廟祝沉默了好一會，剛才說的事情幾乎花光了他所有精力，但他的故事還沒講完。

「既然兩清了，那我們就可以好好講完最後一件事。」

秦顧來到平安宮後，老廟祝就開始思索一個問題：人到底要為甚麼而活？

李唯為財帛而活，所以他不惜放棄同門情誼；曹初還沒有來得及思考

這件事，就死了；涵虛子則在中年喪子後，想通了他不要為道門興衰而活，於是歸隱紅塵；老廟祝對此已經沒有選擇的權利了；但秦顧還有，而且也應該有。

「把你收留下來後，我每天都活在掙扎當中，愈是跟你親近，我就愈是想到你將來會成為道家與小說家的棋子，終生不由自主，只為使命而活。」

秦顧靜靜在聽，一直沒有接話。

「這不公平呀。這不公平。」

「所以我想，一定要替你解脫。」

「在你十歲那年，我打算動手但失敗了。既然不能忍心殺你，就唯有去殺其他人了。」

秦顧雙拳緊握，氣息開始變得短促。

「在你十二歲那年，馮夢龍來了，我知道他一旦收你為徒，你的命運就要往他們預設的方向走，一切就會太遲。」

「於是我寫了一封信，寄至京城，告訴那些想殺馮先生的人，他就在這裡。」

「可是他們竟然說，還不能動手，原因竟然是他們跟道門達到了協定，馮先生一日不收徒，道門就保他一日活著。」

老廟祝又咳了好幾聲，但這次秦顧沒有再伸手去扶。

「很諷刺對嗎？我不希望馮先生收你為徒，所以要殺他，但若要殺他，就必須要等他收你為徒。來來去去，最後絞成一起，亂局只剩一種解法的時候，那就是命。」

「事情就這樣膠著，我不能告訴馮先生我出賣了他，更不能讓道門知道，我竟私下與京城聯絡。那些人便以此為要脅，跟我做了一個交易。」

秦顧此時突然開口打斷：「不要再說了。」

老廟祝卻彷彿沒有聽到一般，繼續說：「他們答應不會傷害你，但一旦你被馮先生正式收為徒，我必須第一時間通知他們。」

秦顧後來就明白了，為何藏星閣的殺手會來得這麼快。從平安宮傳消息到京都要十天，殺手從各地聚集再出發，加上道門暗中截殺阻撓，最終也只花了一個月時間。

「既然你知道，想來馮先生也一早知道。」老廟祝慨嘆道，「馮先生一直沒有殺我，這是他的氣量。但如今他死了，我也算是有份害他的人，又怎麼有顏面苟且存活呢。」

「爺爺，您想做甚麼？」秦顧心中生出怯意，突然想到老廟祝進門以來

對他說的話。

——我也快要死。

——時間不多。

——說完就可以死了。

老廟祝開始咳得愈來愈嚴重，嘴角流下了暗紅色的血。秦顧趕忙上前去，老廟祝卻緊緊拉住了他的衣服，在秦顧耳邊吃力地說完最後的話：「孩子你別怕。我在過來之前就服了劇毒，救不活的⋯⋯如果我還活著，你一定會為難的，我死了，你也算報了一部分殺師之仇。說起來，這劑毒藥還是當年打算用來殺你的，現在一報還一報，你別難過。」

在毒藥徹底發作的時候，老廟祝倒下了，他甚至不知道自己是否把一切的話，都清晰講完了。

老廟祝的意識幾乎失去了自制能力，所有被藏匿在深處的記憶都冒了出來，像一群嗜血的蟲子，要在他人生最後的時刻，吸乾唯一的支撐。

此時門外已是黃昏，微紅的天空捲席而來，好似一把蔓延的火。老廟祝彷彿看見了四十年前的畫面，一艘船在大海中央，燒得燦爛。

距離海中烈火遠遠的碼頭上，年輕的文旭昌殺死了李唯。

文旭昌其實一早就知道李唯收了顧家老二的好處，要破壞顧家大哥的航運生意。於是文旭昌將計就計，與顧家大哥先商量好，施行苦肉計，犧牲這艘船和船上師兄弟十幾人，再當場生擒李唯，便可反過來在老太爺面前，揭發顧家老二的毒計。

文旭昌沒有把計劃告訴曹初，他心裡盤算：如果曹初是李唯的同謀，自然不能打草驚蛇；就算曹初沒有參與其中，想李唯也不會喪心病狂到殺害同門師弟。

可惜他錯了，錯在殘酷和老練，把人當成計算利弊的變數，而不是一個活生生的人。否則他就會相信自己對人的判斷，相信這些日子的相處裡，那個初涉江湖但善惡分明的曹初，是真實的。

所以，對於曹初的死，文旭昌也不是無辜的。

在李唯斷氣前，也是這樣笑住說的。因此文旭昌才會發瘋似的，足足多刺了二十三劍，直至對方的軀體幾乎再流不出更多的血。

老廟祝所有的故事、秘密與真相，自此終於講完。

【第八章】懷玉

秦顧辦第二場葬禮的時候，懷玉來了。

還處於悲傷中的秦顧，看見一個十六七歲的女孩，身背長劍，獨自走進了靈堂，一下子警惕起來。

「請問馮夢龍馮先生在嗎？」女孩看到靈堂的佈置，小心翼翼地問。

「你是誰？」

「我叫懷玉，奉師命而來。」

「左邊的棺材裡是我爺爺，右邊的是我師父馮夢龍。如果你是來殺我師父的，恐怕你來遲了，如果你是來殺我的，我不懂武功，你隨便動手吧，只希望你殺人前給我點時間，讓我把兩位老人家好好下葬。」

「想不到真的來遲了。」懷玉傷感地道。
「是呀。」
「你就是秦顧？」
「沒錯。放心吧，你沒有殺錯人。」
「喂，我甚麼時候說是來殺你？」
「那你來做甚麼？」
「我說了，奉師而來，保護馮先生。」
「是嗎，那你來得可真是及時，人都死透了。」秦顧語氣不善地說。
「你！」懷玉一時氣堵，強忍了下來，「哼，我念在你家人和師父剛剛過世，不與你計較。我在廟外的林裡等你，待你心情平伏點再出來找我，事情很重要，你若天黑前還不過來，後果自負吧。」
說罷，懷玉便頭也不回地衝了出去。
秦顧坐在堂裡，沒有絲毫想動身的意欲。待著待著直至黃昏將至，才突然想起，廟外的樹林還有老廟祝佈下的陣法。
那個叫懷玉的女孩就算懂些武功，恐怕也不通陣法。秦顧想了想，萬一入夜出了事，還是會良心不安，於是立刻跑了出門外。

縱橫家傳人六衡師太、道門掌尊涵虛子、陰陽家主郭尋三人自年輕起相識，為至交好友。在六衡師太晚年逝世的幾年前，收了一個天資橫溢的弟子，並把縱橫家傳人交了給她。

那年懷玉只有九歲，身在遠方村落的秦顧十歲，剛剛顯露出詭異的能力。六衡師太從星象中得到感應，便與當時已兼任道門掌尊的郭尋通信，詳細得知了道門的盤算。

六衡師太把一切都告訴了懷玉，包括諸子百家的興衰與瓜葛、縱橫家存世的理念，以及她對天下大局的判定和看法。

在懷玉年幼的記憶中，六衡師太向來果斷睿智，唯一只有一件事情使她猶疑良久。

——到底要不要救馮夢龍？

站在大局的立場，只要秦顧能被正式收為徒，獲得小說家一脈的氣運認可，就能成為改變世界的一步重要棋子，馮夢龍為此而死，絕對值得，重要的是他本人也甘心成就秦顧。

可是呀可是，六衡師太心中一直想，馮先生寫的小說又確實是太精彩了。

只有九歲的懷玉不知道這些，她旁觀六衡師太的煩惱，以為師父單純是不忍心犧牲一條性命，卻誤打誤撞地思考起一個終極的問題：像他們這些以權謀見稱、終日揣摩人性複雜的縱橫家，到底應不應該把人視為沒有生命的棋子呢？

這些問題藏在懷玉心裡，彷似禁忌，也從不敢向師父提起。否則她就會知道，六衡師太所抱持的信念其實很簡單：

只要故事好看，管他媽的天下大局萬古興衰。

無論如何，天資聰穎的懷玉還是成為了縱橫家的傳人，是當代諸子百家尚存的流派中，最年輕的一名。

秦顧不知對方底細，怕她受困於老廟祝的陣法，只是當秦顧趕到時，懷玉早已破掉迷陣，還評頭品足了一番。

「陣法概念還是不錯的，可惜手法粗疏，破綻明顯，我只看一眼就走了出來。就例如說，這棵樹應該種在乾位，而不是坤位，再說此處，若加一個簡易版的八卦陣位，就能增加至少八種變化，有風雷之聲，也可以佈雲招霧，一定很好看，可惜了，真是可惜了。」

看到安然無恙的懷玉，一向自恃有幾分小聰明的秦顧，也只好安靜下

來，回想自己當天用石頭狼狽破陣的樣子，暗自決定日後對此事絕口不提，然後趕快請懷玉住口，一起回到廟裡。

後來秦顧才從懷玉口中得知，〈白娘子永鎮雷峰塔〉最早的讀者便是縱橫家的這對師徒。年幼的懷玉對負心漢許宣的行為，惱怒得咬牙切齒，六衡師太卻讀懂了故事的底蘊，也明白了小說家對眾生的苦心。她向懷玉解釋，這小說的綿裡藏針，看似只是神怪傳說，講的卻是治世根本，暗地裡反諷儒家那群偽君子所為。

聽慧的懷玉一點即通，但還是好奇地道：「故事還能這樣讀啊？」

「當然，馮生先的小說裡乾坤萬象，這樣才好看嘛。」六衡師太笑道。

「那如果別人讀不出怎樣辦？」懷玉忽然擔憂起來。

「讀不懂的，再多也無礙。」六衡師太感慨道，「怕只怕該讀懂的人裝傻罷了。」

事情也確認如六衡師太所料，故事輾轉交到不同人手中，有朝中重

臣，也有其餘諸子百家的傳人，可惜許多人都讀不懂，或者不敢讀懂。

直至小說來到郭尋面前，他當然看出白蛇與法海相鬥，乃隱喻現世的佛、道之爭，故事最終白蛇被鎮壓，這是馮夢龍向道門傳遞的警語，也是一記激將法。郭尋再三思量，決定與縱橫家一同承諾：保住馮夢龍的性命，直至他遇到傳人為止。

「道門中大部分的人，都認為應該犧牲馮先生，畢竟連他自己都做好了身死傳道的覺悟。但家師六衡師太一直不如此想，幾年前她過世時，就叮囑日後京中一旦有人動手，要我務必趕來救援，想不到還是晚了一步。」

縱橫家在南京城佈局多年，得到消息的速度也算極快，但要等到消息回報給懷玉，再出發到平安宮，還是比藏星閣的殺手晚了一兩日。

「部分道門的人也跟我師父想法一致，途中曾出手阻截，惜最終未能功成。」懷玉解釋道。

「道門內部也有分歧？想不到，他們竟會公然違反掌教的決定。」秦顧有點訝異。

「說起來，道門也不是多麼嚴謹的組織，尤其在郭尋接任掌教後，一直隱身在京都，幾乎不管俗務，只給眾人一個大概的路向，更像是精神領袖。我猜以他的意圖，也不願這樣殘酷地犧牲馮先生，只是事情的具體實行，倒根本不由他管。」懷玉解釋道。

「既然你來遲了，我師父也死了，你打算怎樣？」秦顧問。

「家師說，不管人有沒有救成，我接下來的任務就是輔助你。」

「輔助我？」

「準確來說，是輔助小說家的傳人。」

「我以為縱橫家向來都是輔助帝王，爭奪天下歸屬，怎麼樣，你是鼓動我造反嗎？」

「當今天下正值末法時期，儒法兩道勢大，把其他諸子百家打壓得喘不過氣來。如果我們還想有生存空間，就必須要聚集起來。」

懷玉看著秦顧，語氣故作可惜地道：

「你嘛，當然沒有做帝王的命格，但身負將星之才，將星一現，天下定有大變。由我縱橫家一脈來輔助，雖然是大材小用了一點，但還算湊合吧。」

「可是，連我自己都不知道要做些甚麼，你又如何來輔助我呢？」秦顧

疑惑地問。

「那麼你就問問自己，如果不去管那些天下局勢，使命不使命的東西，現在最想做甚麼？」

秦顧沉默了一會，才再問口，一字一句清晰無比，像一拳一拳打到牆壁上：

「我 要 替 師 父 報 仇 。」

「好。」懷玉豪氣地拍了拍桌面，「那我們就去報仇。」

「唔？就這樣？」看到懷玉的反應，秦顧卻倒過來有點怔住了。

「就這樣。」

懷玉心想，終於有好玩的事情了。

從聲韻學的角度去看，「報仇」兩個字，「報」字為全清唇音、「仇」字為全濁牙音，紋理上自有跌宕，只是從不同人口中說出，效果也會大大不同。

例如當秦顧咬牙切齒地說「我要替師父報仇」時，語速節奏緩慢沉痛，報仇二字就顯得鏗鏘；不過若成換了懷玉的那句「那我們就去報仇」，便相對地輕巧得多，但聽在被報復的仇家耳裡，這樣的語氣也許才讓人心寒。

而歷史則告訴我們，即使立意報仇的人，語氣多麼堅定，但都口講無憑，有的人往往用了一輩子的時間去實行，最後功敗垂成的，大有人在。

在那個「罷黜百家，獨尊儒術」剛剛開啟的漢代，太史公司馬遷寫出了一本《史記》，從此獲得小說家一脈的氣運認可，暗地裡脫離了儒家，重新傳承了中斷已久的小說家。司馬遷的《史記》不只以成敗論英雄，其中一項大創舉是把輪掉天下的楚霸王項羽，也列入〈帝王本紀〉中，引起部份當代大儒們的責難非議。

他們一開始都沒有太在意的是，書中另一個不太顯眼的位置，司馬遷寫了〈刺客列傳〉，寫活了一群也許不合乎儒門道德，但擁有俠義風骨的刺客們，他們為公義也為私仇而殺人，遙遙對抗法家祖師韓非子說的那句：「儒以文亂法，俠以武犯禁」。

「師父在他的遺書裡說，太史公之所以能重啟小說家傳承，是因為他新創的紀傳體，以人為核心書寫歷史，而小說家一脈向來深信的事情，就是人。」

「所以呀，懷玉，我也深深從中理解到，人不是墨家所做的機械，也不是儒家所塑造的道德神話。人會疲倦，會沮喪，需要進食、睡覺休息。」

「懷玉，你明白嗎？」

「唔？當然。」懷玉聽著，思緒突然飄到了她一直疑惑的那個問題，關於縱橫家存於當世的價值，以及對芸芸眾生應有的看法。

接著懷玉才回過神來，對表情痛苦，滿頭大汗的秦顧道：

「不過如果你扎的馬步，無法堅持到天黑，今晚就不要想吃晚餐了。」

秦顧心裡暗道：果然是唯小人與女子難養也。

「如果你想在心裡偷偷罵我，就不要擺出一幅不滿的表情，否則我會猜到的喔。」懷玉笑道，嚇得秦顧只好收斂神色，不敢再亂想些甚麼，唯恐被這個鬼靈精讀到。

懷玉這才滿意：「一直在這裡扎馬練功，很無聊吧。既然你是小說家傳人，不如說幾個故事來聽聽，解一解悶吧。」

「好。」秦顧生無可戀地應道，然後小聲咕噥，「可是你說要聽的啊。」

故事要從十六年前的江南講起，當地曾有一家做綢緞生意的大家族，姓林，雙木「林」，也是木秀於林而風必摧之的那個「林」。

林家祖輩三代都扎根江南，是當地頗有名望的大族。像這樣的商家豪門，看似錦衣玉食，卻同時要為此貢獻自己的命運。

這一天，林家老爺的偏房姨太太誕下了一個女嬰，由於不是兒子，林家上下都為此而高興。其餘各房少了一個分家產的對手，放下心頭大石自不消說，五十歲的林家老爺則從幼女身上看見了希望，盤算著去年知府大人家中生了一個兒子，現在就有話題跟對方多加走動，說不定未來嫁去做妾侍，結成姻緣，林家的生意就能更上一層樓，也不枉自家女兒來這世間一趟。

至於女嬰的親生母親也很快慰，幾年前她被家人強行嫁進來，自從有孕後就向上天祈求千萬不要是男孩，她不願為這個家族繼後香燈，這是唯一的、小小的對自己命運的抵抗。

女嬰被取了一個普通的名字：林玉，她不知道自己的出生，竟為這多人帶來希望，林玉只是普通地成長，慢慢地發現了自己的才智過人，並聰明得懂得藏起來。

林玉六歲這年，母親莫名其妙地患上怪病，被林家送到了郊外一座庵堂休養，換個說法，其實就是把她拋棄，自生自滅。當林玉吵鬧著要跟去時，家族裡沒有一個人阻止，也樂於把她送走。

尤其是林家老爺，他每次看見這個小女兒時，只會想到林玉幾個月前，曾摑了知府大人的小兒子兩巴掌。

庵堂的人都很好，林玉遇到一個法號六衡的師太，每天陪她下棋聊天，漸漸林玉竟能勝她幾局。六衡師太便開始教導林玉一些事情，例如棋道，例如人心，例如一些看似簡單實質深奧的劍招，又例如在林玉母親熬不住病情，終於過世時，她教曉林玉關於生死的道理。

林家死了一個姨太太，最終在正房大娘子的私心下，消息傳到林家老爺的耳中時，變成了母女二人俱已過世。林大娘子給了庵堂一筆喪葬費，和一大筆掩口費，便無人再過問此事。

林玉後來想，她的這位大娘，實際上是自己的恩人。

在林玉母親死後又過了兩年，江南一帶發大水，災情處處。朝廷撥了巨額銀両賑災，錢財如水來，也如水去，摧毀平民的生活後，轉個圈又回到原處。

時任一名姓王的吏部侍郎與當地知府串連，以各種名目剋扣災款，林家負責做帳目，把數百萬的白銀煮成了幾百缸稀如水的白粥。

過往這種貪污多的是，這次也不算特別誇張，王姓侍郎心裡安慰自己，應該不會被揭發的，卻忘記了分出一部分油水，打點所有人，惹來部分官吏眼紅。

王姓侍郎是二十年前的科舉考生，中了個三甲第六十七名，不算太差，其後仕途順利，能力不俗，也用功。他像大多數上了高位的官員般，於京城置了一頭家，在江南蘇杭這般四季如春的地方，也養了另一頭家，有妻有妾也有私生子，南北兩家的開銷加起來自然不少，所以王姓侍郎想，多貪幾個銀錢，當然也合情合理。

最終貪污之事還是東窗事發。事情發生在某一晚，王府的管家忘了準備宵夜，被公務不順的侍郎老爺臭罵了一頓。老管家想不到他侍奉多年的老爺，竟會在言語間羞辱他剛剛過世的妻子，一氣之下，就偷走記錄了王姓侍郎多年貪污所得的帳本，送了給政敵。

人頭從京城的王府，一直殺到江南的知府家和富商林家，誅連九族，主謀的王侍郎更被處以凌遲極刑。唯一存活下來的，只有早就「染疫身故」的林家幼女林玉。

按理說，貪污之罪在君臣們多年的默契下，不至於判得這麼重，怪只怪當時朝廷在北方與胡國打敗仗，加上天災，已經積累了不少民憤，朝廷急需一些大動作來轉移視線，王姓侍郎就成為了並不無辜的替罪羔羊。

更別提在一連串事件中，還隱約有宮中某位大太監推波助瀾的身影。

道家講玄虛的因果，縱橫家講務實的邏輯，小說家講的是糾纏的命運，雖然說的都是類似的那麼一回事，但又略有不同。

如果這個故事由道家出身的老廟祝來說，他會看出其中的業力流向，因為世間的最大作孽，莫過於發災難財；如果是縱橫家的懷玉複述，她會把林家大娘子、王府老管家特別挑出，視為可加以利用，改變大局的小棋子。

而作為小說家的秦顧，則從無數散亂的情報中，找出了一根命運的線索，那是王姓侍郎多年前科舉登第的題目，出自《韓非子．喻老》：

千丈之堤，以螻蟻之穴潰。

當時，還是考生的王姓侍郎，仍值心存正氣的年紀，大力支持法家的治世之道。他在策論題中提議，治國要從小處做起，有惡必懲，凡官員收受賄賂，將其貪污得來的錢財金帛，置於秤上量度，每重一錢，割肉一刀，凌遲至死。

後來朝廷採用他的提議，改了刑法，多年以來從未啟用，直到終於等來了它的倡議者。

在菜市場行刑那一天，看熱鬧的人起先極多，漸漸也散得極快，連每天宰豬的屠夫回家後也嘔了半天，他發誓，一生中從沒有見過這般血腥的畫面。

「這個故事怎樣？」

「真好聽。」

「你——不難過嗎？」

「如果不是我的故事，何必感懷；如果是我的故事，反正事過境遷，更不必放在心裡，傷人自傷。」

「那就好。你不會報復我吧。」

「就當是扯平了，畢竟我對你的過去瞭如指掌，如果你不清楚我的底蘊，想來也無法徹底相信我。」

「懷玉女俠果然氣度不凡。」

「繼續說故事吧。林玉後來怎樣了？」

「後來林玉這個名字就消失了。」秦顧打量著懷玉，小心翼翼地試探道：「我只知道她跟六衡師太到處遊歷，最後出現在一個戰時邊境的村落。」

「知道得還不少呢。」懷玉一挑眉，「想知道後來的事嗎？」

「當然。那我可以讓坐下來聽嗎？」

「不可以。」

「你還說不會報復？」

「這是練功，不是報復。真正的報復可還沒開始。」懷玉看了看天色，「先練好功夫吧，等進京後故事後續便有分曉。」

「但你是分明就是——對不起，別動手——我錯了——」

黃昏下，兩小無猜。

正在打人的懷玉和正在捱揍的秦顧，實際上各懷心事。懷玉彷彿看見當年村莊外，永難磨滅的血色黃昏，以及那幾個泣不成聲的同齡小孩；秦顧則從所知道的細節，推敲出林玉後來的故事，甚至距離事實所去不遠——但他只是把懷玉複雜的神色看在眼內，不去點破，默默記了下來。

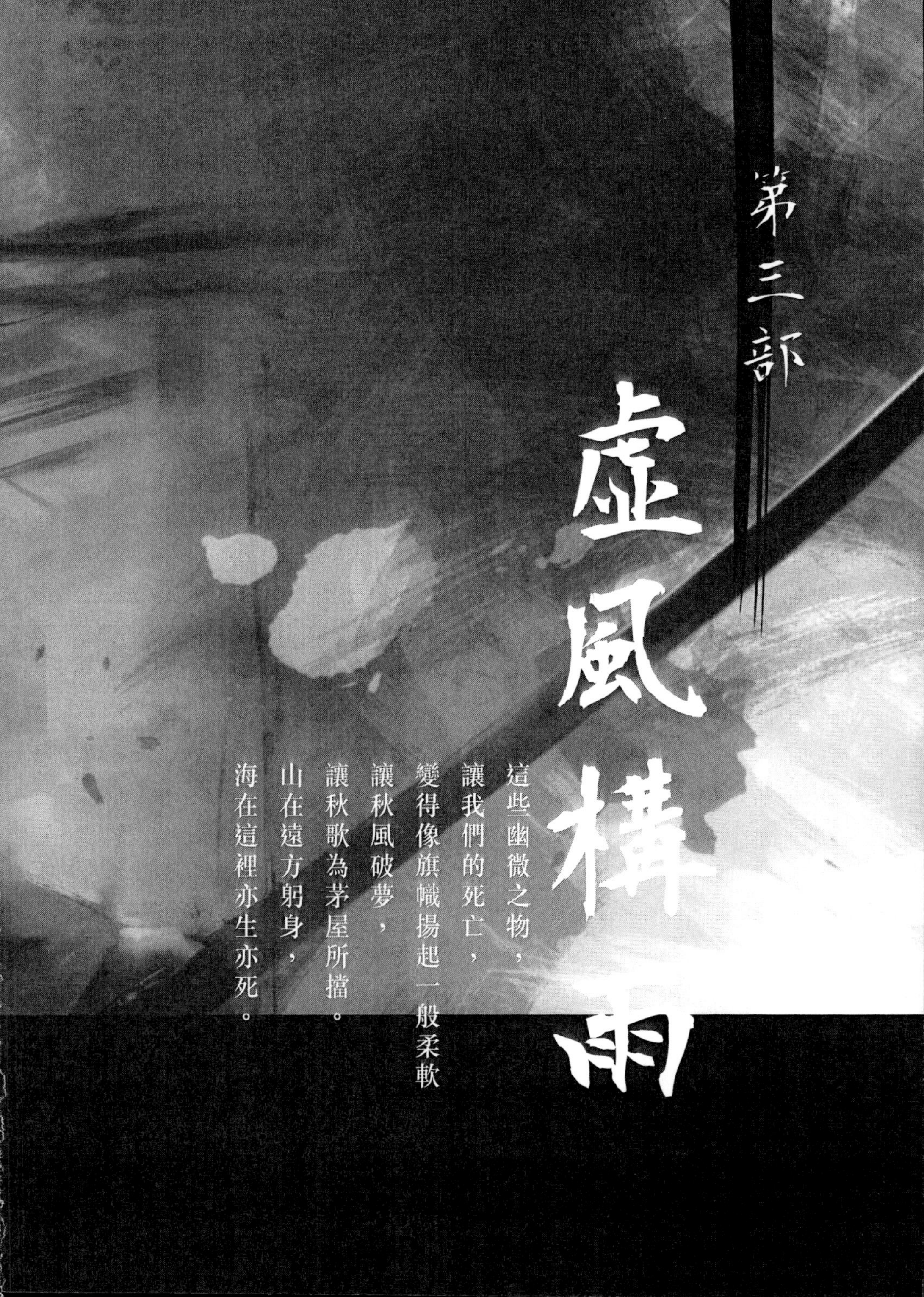

第三部 虛風構雨

這些幽微之物，
讓我們的死亡，
變得像旗幟揚起一般柔軟
讓秋風破夢，
讓秋歌為茅屋所擋。
山在遠方躬身，
海在這裡亦生亦死。

【第九章】佈局

秦顧寫了滿滿的幾張稿紙，到此時候，故事已經抵達了三分二的篇幅，佈下那麼多草灰蛇線，他小聲叨嘮著，如果主角再不做些實質的事情去復仇，沒有高潮對決，小說就會寫爛，讀者會不願意讀下去的。

秦顧看了看一旁的懷玉，她正悠閒地喝著茶，絲毫不打算回應秦顧的暗示。

「都說人走茶涼，我師父死了，六衡師太也過世了，她的傳人卻在喝熱茶，不知道前輩們在天之靈會怎樣想呢。」

「給我閉嘴！」懷玉終於忍不住，開口道。

「我閉嘴，聽你講。」秦顧滿臉笑容，他們來到南京城已有一段時間，經歷了何禎和杜從的城門決鬥、說服了郭尋相助，共同編導並主演出使胡國途的刺殺案，還有安寧王與啟明帝暗中的交鋒角力，一切都被懷玉計算得清清楚楚。

秦顧知道，懷玉的從容通常都代表了她胸有成竹，只是總愛吊人胃口。

「你別高興得像個傻子在笑，老實告訴你吧，我的佈局全都用完了，接下來要做些甚麼，還要等時機。」

「怎麼可能？」

「杜從死了，藏星閣已經與廢掉無異，多年前主張殺死馮先生的官員，也在郭尋的遭刺案中，清洗得一乾二淨，你師父的仇總算報了七成。」

「有道理。」秦顧想起師父的大仇得報，心中舒坦了不少。

「接下來就是儒法兩家的問題了。」

「你一定還有佈局的，對嗎？」

「沒有了，所有埋下的線都已經用完了。」懷玉打了個呵欠。

「那怎樣辦？」

「你寫小說的時候，會想好所有情節才下筆嗎？」

「倒不會，只是——」

「這就對了嘛，那我為甚麼不可以見步行步？」

「好吧，算你有道理。」

「不如你想想，接下來要怎麼辦吧。」

秦顧凝神沉思了好一會，才開口道：

「在我看來，儒法兩家在朝中勢力龐大，要打壓他們的氣燄，只能離間他們與皇帝的關係。」

「這太難了，這王朝的氣運幾乎已經跟儒法綁在一起，若要用這個方法，我們就只能換一個皇帝了。」懷玉微笑道，「要不像當初你說的，我乾脆助你造反好了。」

「這世間已經有過一個姓秦的朝代了。」

「知道呢。儘是學道門那群道士，說甚麼氣運不氣運的破道理。」

「你看安寧王如何？」

「他討厭儒家，卻見不得要救助於我們。不過，倒是可以考慮一下。」

「如何考慮？」

「你不是跟你那廟祝爺爺學過些望氣功夫嗎？傳言不可盡信，跟他見一面，看看是個怎樣的人。」

「說得輕巧，安寧王遠在南疆，要見他並非易事。」

「簡單。我已經與他約好，後天中午時份，在城外山中的涼亭見面。」

秦顧看著表情狡黠的懷玉，心裡反復提醒自己，千萬別輕相對方，否則恐怕連死了也不知道是怎麼死的。

「順道告訴你，如無意外，你也會跟皇帝見上一面。」

「甚——甚麼！」

應天城的城牆很高，城中央皇宮的圍牆則更高崇，但每天清晨的太陽還是可以翻越一切，照耀進來。除了部分陰暗的角落，這些地方總是能躲過光明，藏匿黑暗，對青苔與野草而言，這種漏洞是生命的恩典。

對於啟明帝來說，這卻是他不能忍受的。自從三十年前登基，他就漸漸相信自己也是一顆太陽，他要照耀何處，何處就不能有陰影，那些存活在黑夜的人，不過是已被他厭倦，趕進去的，像是野草青苔，也像是他的弟弟安寧王，倘若某一天他要將其徹底剷除，也絕對易如反掌。

中午烈陽下，啟明帝執意在練武場上射箭，身體還沒有明顯老態的皇帝，眼力其實大不如前，只聽到侍衛和太監們都讚歎說，十發全中紅心時，啟明帝心中就高興起來，沒有看清其實箭矢都離目標有著不小偏差。

這天陪在啟明帝身邊的，還有他跟皇后嫡出的太子，已長得氣宇軒昂的太子看著這一切，沒有作聲，心中暗自盤算了許多事。

「皇兒，朕前些天吩咐你查的事情，可有進展？」啟明帝把弓交給身後太監，回過身來問太子。

「稟父皇，那天家宴之上，皇妹藏在袖裡的話本，是一個叫秦顧的人寫的。兒臣查過他的底細，他一個多月前從南方來，料想是應試赴考的學子，寫些話本來賺取生活費。」太子應道。

「既是來考科舉，又分神寫小說，簡直不務正業。」

「父皇所言甚是。」

「說起來，秦顧這名字，聽著有點耳熟。」

「大概是這名字太普通吧。單是這應天府中，姓秦的就有一百六十七戶，名字帶有顧字的，更有一十三人。」

「不錯，做得還算仔細。」

「應該的。」

「說起來，你皇叔這幾天也該進京了，好好準備，替他洗洗塵吧。」
「兒臣明白。」

「我想來想去，還是不明白，就算你讓公主讀到我的小說，也就算你猜中了她會喜歡，皇帝又怎會因而想見我呢？」秦顧不解地問。
「所以你要做一件事。」懷玉語氣慎重，一字一頓地道，「你要把這南京城裡，更多的人變成秦顧。」
「這……這很殘忍。」秦顧眼神滿是驚訝，有點不可置信，「你知道的，某程度上，那樣跟殺人無異。」
「我擬定了一個名單，上面要麼是十惡不赦之徒，要麼是人面獸心的偽君子。這樣的話，你良心就過意得去了吧。」
「你總是這樣拿捏人心嗎？」
「那夜你借城門護衛長的眼睛，目睹杜從與何禎雙雙戰死，然後你說終於明白了，我們要做的事有多麼可怕時，我以為你已經做好了覺悟。」
「殺掉一兩個人，跟殺掉許多人，還是不一樣的。」

「天子一怒，伏屍百萬。殺皇帝一人，就能拯救萬民。」

「殺了皇帝，就能拯救萬民了？」

「還記得去年入冬，皇帝打算與胡國做的交易嗎？」懷玉步步進逼。

「我——」

為了替繼任的太子鋪路，啟明帝打算把侵略而來的土地，雙手奉獻給另一個更殘暴的國度。想到此事，秦顧一時無話可說。

「此事再算吧，反正還不是時侯，我們先跟安寧王見一面。」懷玉最後道。

城外古道延綿，群山呈起伏不絕之勢，多年以前太祖陳友諒決定定都於南京城，就是看中此處風水地形，可以庇蔭後人。

山高不知幾里，其中潛藏的龍脈有兩條，一明一暗。明面上的那條以一座高崇的無字碑為起始，廣散四方；暗地裡的一條，則呈迴旋形狀，在中心之處建了一座不起眼的涼亭。

這座涼亭，便是懷玉與安寧王見面的地方。

本來是這樣約定的。

「此山之勢非同凡響，從這座涼亭看過去，恰好就望到了十數里外的議事殿，與我朝龍脈遙遙相對，太祖果真是高瞻遠矚呀。」

說話的是一個中年儒生。

懷玉和秦顧抵達約定地點時，前方走來的卻只有一個中年儒生和一名老隨從，中年儒生自稱姓魏，是安寧王手下的幕僚，而他更重要的身份，是墨家當代傳人。

「高瞻遠矚的太祖，竟有一個行事如此謹慎的子孫，安寧王也真的不同凡響，聞名不如見面。」懷玉語氣不善地補充，「呀，不對不對，我們也根本沒有見到面呢。」

「懷玉姑娘請見諒，我家親王受朝廷召見，回京述職，前些天因傷耽擱了，本來就已經惹聖上不快，若是被發現偷偷跟你們會面，只怕有些麻煩。」魏姓中年儒生拱手道。

「連造反也敢了，跟我們兩個草頭百姓見面，竟如此小心？」懷玉道。

「縱橫家中人，果然唇槍舌劍，快人快語。」魏姓儒生語氣淡然，也不惱怒。

「安寧王這樣做，看來沒有誠意呢。」秦顧看見對方的反應，只感到有些微妙。

「既是如此，我們也不必久留了，告辭！」懷玉說罷，轉頭就走。

「姑娘且慢——」

魏姓儒生的語音未落，就看見懷玉的劍招已到，早已與懷玉交換眼色的秦顧，也同時拔劍刺向一旁的老隨從。

一下子，涼亭之上沙塵揚起，懷玉一劍狹山海之勢而來，卻被魏姓儒生側身閃過，以手為刀，攻向懷玉手腕。

雖然對方劈來的只是血肉之掌，但懷玉隱約感到其中的鋒芒，只好以進退之道使出橫劍，一擋，後躍幾步。另一邊的老隨從則抱持防守之勢，任秦顧的劍招愈出愈快，都無法靠近他身旁。

「安寧王的刀勢，果然名不虛傳。」懷玉看著魏姓儒生道。

「你是何時發現的？」既然被當眾揭破，安寧王也不再偽裝。

「墨家那群人都是老頭子，你又怎會是他們的傳人。」懷玉說罷，指向老隨從道，「倒是這位，守勢如此嚴密，秦顧用了縱劍的捭闔之道，也無法近身，而且又一副行即將就木的樣子，想來才是墨家傳人吧。」

「縱橫家出來的，果然都是牙尖嘴利的鬼靈精。」老隨從這才承認。

秦顧心想，難怪安寧王的軍隊在邊疆屢立大功，原來是得到了以守城見長的墨家相助，更難怪剛才他全力出劍，還是一步都無力靠近對方。

「驛站的眼目太多了，如果本王不稍作喬裝，恐怕前腳出門，後腳穿的那件出門衣褲就要被皇兄評頭論足了。」

「不說這些了。」懷玉方才吃了暗虧，心情自然不太高興，「我們來談正事。」

「就按你之前信中謀劃。」安寧王道。

「有氣魄。」看到對方的果斷，懷玉倒有幾分刮眼相看。

「皇兄借何禎設局，把我最精銳的赤甲騎誘殺，自此以後母后就再沒有消息自宮中傳來，想來也不樂觀。皇兄要替他的太子掃平障礙，此次我回京述職，早是兇多吉少，不是本王要造反，而是時勢迫人。」

「但願王爺他日大業得成，不要忘掉今日的諾言。」懷玉道。

「當然。」安寧王擠出了滿臉的笑容，心裡強行忍住想把亭上所有人殺光的慾望。

與安寧王見面以後，秦顧一直在想另一個問題：

換一個人做天下霸主，世道就會好了嗎？

諸子百家的先輩們不見得都是心懷天下之人，他們也可以為求一展抱負，輔助暴君，否則秦國就不會成為一統六國的勝者。

而大部分的小說家只點破形勢，例如「天下大勢，分久必合，合久必分」的至理。天資橫溢如司馬遷，也只說自己的使命是「究天人之際，通古今之變」，但要求對抗王權的謊言，並無指點世道命途的大野心。

這是人的性格，也是一個流派的性格。所以法家親近權力；道家藏身世俗；小說家化為市井娛樂；縱橫家則好於站在弱勢一方，展現其以弱勝強的能力，這些都是性格使然。

「懷玉，我們幫助安寧王是一個正確的選擇嗎？」秦顧在心中想了許久，終於忍不住問。

「怎樣了，你不喜歡他喔？」

「安寧王把自己掩飾成一幅儒雅君子的模樣，但身上的氣是腥紅色的，我從沒見過如此渴望殺伐的人。」

「諸子百家存活於世，一為承傳，二為輔助君王成就大業。現在不是

先輩們繽紛燦爛的戰國時代，我們眼前只有兩個果子，就算一個比一個爛，也只能挑沒那麼爛的這個，你懂嗎？」懷玉道。

「我想，我懂吧。」秦顧洩氣地應道。

「不可能。」懷玉突然說，「我也不懂的道理，你又怎可能懂呢。」

「你要做甚麼？」秦顧滿是疑惑。

「別緊張，遲些你就知道。不過在事情開始前，先跟我去一個地方。」

「我們要去哪裡？」

「一條巷子。姑且叫那裡——」懷玉道，「『平安巷』吧。到時帶你跟幾個人見面。」

「他們又是誰？」

「一個屠夫、一個鐵匠、一個碼頭苦力，還有一個是賣豆腐的。」

秦顧不解地看向懷玉，懷玉則滿是玩味地向他眨了眨眼。

【第十章】一陣暗箭在雨中

宮殿裡，只有一把燭火搖晃。

啟明帝屏退了左右，寢室裡只有侍候太后多年的齊公公，站到一個陰暗的角落。床上睡著的人是太后，天下間身份最尊貴的女人，然而她已經老得不能動彈了，只能任由她養大的皇帝替自己活動關節。

「日子回春了，這般潮濕的氣候。想來最近母后的身體應該不太舒服吧。」

「兒臣的心也不太舒服，您知道嗎，每年到了春分時節，朕就想到還沒有登基的時候，死去的兒子。」

「母后還記得您的孫子嗎，說起來那帖落胎藥，還是您親口下令，命人灌進王妃嘴裡的。昨天開始，朕叫太醫也配了一樣的藥方，好教母后每天都可以嘗嘗那滋味，您那夭折的孫子有知，想來也會很高興的吧。」

聽著啟明帝一邊自說自話，太后卻說不出半句話，她的身體機能早已被毒性猛烈的藥湯消耗，神志也變得不甚清晰 ，只能勉強用力瞪眼求救。

「齊烈，」啟明帝喊起齊公公的名字，「太后每天都有按時服藥吧。」

「稟聖上，奴才每天都親自餵藥，一日三劑，分量絲毫不差。有時反胃嘔出來的，奴才都會重新灌進去，一滴都不敢浪費。」齊公公應道。

「辦得不錯，難怪多年以來，母后都如此信任你。」

「皇上可折煞奴才了，為皇上辦事本就是奴才本份。」

啟明帝把太后的手用力握緊，輕聲道：「母后當年把何禎放在朕身邊，難道沒想過齊烈也是朕的人嗎？今後母后也別為這些小事煩心了，皇弟這幾日就會回京述職，朕想了想，這次就讓他永遠留在京都吧。」

說罷，啟明帝就輕拍了太后凹陷的臉幾下，離開了。

齊公公吹滅了蠟燭，黑暗裡響起他沙啞的聲音：「太后怕黑，這性子可不太好，從今起要改掉，奴才把燈火都熄掉，讓太后好好熟悉。」

今天是一個尋常的日子，早朝上，啟明帝受不了春乏，打了好一陣子

瞌睡。身旁候命的太監秦顧看見何廷玉的眼色，上前輕拍啟明帝，他才如夢初醒。

自從啟明帝開始思考自己的後事，他就變得愈來愈老，彷彿死亡也開始耐不住性子，要朝他撲來。所以啟明帝知道，不能再等了，他要為太子的繼位掃清一切障礙。

年老的君王往往敗於知道自己的蒼老，他們不甘於衰弱，而越是如此，就越是會做出錯誤的決定。

與胡國結盟是一步錯棋，錯在低估對方的野心，也錯在視人命如草芥的痲木；至於借何禎設局，誘殺安寧王的精銳軍隊，這也是一步壞棋，表面上削弱了安寧王的實力，但壞就壞在誘惑對方入局的過程中，倒真的勾起了安寧王本不強烈的造反之心，如今事跡敗露，更激起安寧王魚死網破的殺意。

只是啟明帝根本不會想到這些，他還沉醉在虛幻的勝利中，想著雖然與胡國的結盟失敗了，但再過幾天，就可以剷除安寧王這心腹大患。

大殿下的何廷玉也意識到些甚麼，他明白到這個自己曾經看好的皇帝，終於也已經老了。何廷玉用眼角瞄了瞄身後的刑部尚書程克義，不知

甚麼時候起，啟明帝開始更加信任，這個唯唯諾諾的投機之徒，是法家終於也要在明面上取代儒家了嗎？何廷玉心中慨嘆，不敢細想。

「稟聖上，臣要參本。」說話的是兵部尚書。

啟明帝突然精神起來，卻怎樣也想不起對方的名字，是姓李還是姓許，罷了罷了，只好說：「愛卿請講。」

「按兵部規定，在外駐守的將領每年必須要回京述職，鎮守南疆的安寧王從去年起，足足拖了半年，於法不合。」

「這樣呀，皇弟所為的確於理不合，參得有理。」

「臣建議，必須嚴懲。」

「按上回軍報，明日皇弟就該要上朝述職，且先聽聽安寧王可有合理解釋，到時愛卿再參不妨。」

「臣遵旨。」

偌大的金鑾殿中，只有啟明帝與兵部尚書二人對答的聲音，沒有任何一個大臣搭話。人人都知道這是啟明帝的劇本，為削安寧王兵權而做的一場戲。

殿內樑柱反射的陽光，照得何廷玉有點暈眩，他突然看到了多年前的

幻像，那時群臣在朝會上，為議事而激烈爭辯，啟明帝便會跟何廷玉唱雙簧，與其他大臣角力。雖然行事並不能隨心所欲，卻不失為君臣共濟、欣欣向榮的光景。

但朝中是甚麼時候變成了一言堂的？他又是甚麼時候，變成了啟明帝心目中站在對立面的老狐狸？何廷玉不敢細想。

直至當日散朝後，直至有天他被逼告老還鄉，恐怕何廷玉還是不敢細想。

這幾個月來，啟明帝已經很少再親自審批奏摺，他把這些繁瑣的工作交給了太子負責，若有要緊的，才抽空過來口頭匯報。

太子初嚐權力的滋味，自然不會再拿這些事情去打擾啟明帝，唯獨一件事，由於是啟明帝親口下旨查辦，太子也不敢私下結案。

「父皇，刑部交回案情卷軸，據應天府侍衛長秦顧回報，當晚賊寇杜從意欲潛進京中，圖謀不軌，司禮監秉筆太監何禎奉旨外出辦事，恰巧察覺杜從行蹤，何大人不懼生死，與賊人搏鬥，雙雙殞落。」

「很好。程克義辦事，朕向來放心。皇兒你記住，這是日後可用之人。」啟明帝滿意地說道。

「兒臣明白。」

啟明帝拿起卷軸，再粗略地讀了一遍，心中浮起怪異的感覺，總思疑有哪裡不妥。

「秦顧。」啟明帝突然唸出一個名字。

「秦顧？」太子不解，又迅速想到些甚麼。

此時，一個太監應聲走了進來，說：「奴才秦顧在此，請主子吩附。」

啟明帝與太子互望了一眼，滿是驚訝。

一個道士打扮的老人，坐在了御書房裡，此人正是當朝國師郭尋。

「聖上不必過慮，正如太子先前所言，天下同名同姓的人何其多，會遇上幾個也不足為奇。」郭尋安慰道。

「國師說的當然在理，只是幾天之中就碰了三個，總感到有些邪門。」

啟明帝心中依舊忐忑不安。

郭尋看著啟明帝的反應，心想魚兒終於上鉤了，懷玉那個鬼丫頭的計謀果然奏效。

「三個？除了城門護衛長和那位小太監外，聖上還遇過別的秦顧？」

「不算遇過，是應天府內一個寫小說的。說起來這三個秦顧當中，朕唯獨沒有看見他。」

「如此的話，聖上倒應該見一見這位寫小說的秦顧，也許上天的玄機就在此人身上。」郭尋見機，立刻推波助瀾。

「既然國師也這樣說了，」啟明帝略一思索，就答應道：「那見見面也無妨。」

「皇帝要見我？」秦顧聽到消息後，不敢置信。

「對，皇帝要見你。」懷玉則露出一幅得意的笑容。

「甚麼時候？」

「不急。根據郭尋所說，大概還要些日子。」

「我見到皇帝，到底要做些甚麼。」
「先不急，我們還要等一個人。」
「誰？」
「安寧王。」
「我們要去找他嗎？」
「不，我的意思是，我們還要等安寧王造反失敗。」
「這是我不明白的地方，你上次不是說要輔助沒那麼爛的安寧王嗎，為什麼又要出賣他？」
「因為我後來想了想，覺得兩顆都太爛了，我都不想要。」
秦顧看著懷玉，只覺得自己真的從來沒有看懂過對方，心裡為安寧王默默哀悼。

入夜後的南京城裡，一隊身穿黑衣的身影偷偷潛到了城牆上。
帶頭的是安寧王，他帶了最精銳、最忠心的部下而來，根據他與懷玉的約定，道門的暗探會幫忙製造防衛漏洞，讓安寧王等人可以潛進皇宮

內，殺死啟明帝和太子。

待天亮後，太后會出來穩定局面，任命剛好回京述職的安寧王，暫任監國一職，待他慢慢籠絡朝中各派，就能眾望所歸登基為王。

第一步進行得異常順利，城牆上的守衛軍竟然都不在，全部被人調離，如入無人之境。安寧王看著遠方夜色，生出無比壯潤的豪情，他對這次行動的信心尤甚於過往每一場戰役。

自從二十年前被派遣到前線，在戰場斬下第一顆頭顱，安寧王就日漸嗜血起來。漫天的腥味，使人安心，雖然殺的人愈多，安寧王夜裡的惡夢就愈是歷歷恐佈，最嚴重的時候，他甚至要每晚抓來一個戰俘進營帳，放光他的血，借助熟悉的鮮血氣味才能睡下。

像安寧王這樣的軍人，從來不會思考正義的問題，敵人就是敵人，活著就是真理。而要活著，就必須要在戰役中極度專注，不能在打勝之前就幻想成果，更不能回憶，好的壞的都不能，

所以安寧王已經犯下了致命的錯誤：他分心了。

然後他才後知後覺地發現，遠方開始下起雨來，水點打到臉上使人刺

痛。他摸了摸面頰，原來是傷口流出的血。

安寧王抬起頭時，前方的雨勢開始迎面而來。

那是一場箭雨，在黑夜裡滂沱落下。

長街一片寂靜，門戶前燈籠在風裡飄蕩，光明也顯得陰冷，如一把把鬼火。

應天府裡一直流傳著許多鬼故事，據稱二百年前，太祖陳友諒領軍進城時，曾處決了數以千計的戰俘。殺伐之夜是一個雨天，血水湧流到大街上，部份滲進了民居的門樑和根基裡，於是封印住無數殘破的怨魂，它們神魄不齊，只有嗜血害人的惡念。每逢雨夜，陽氣最為虛弱的時間，這群邪鬼便會聚集起來，專挑時運低落的路人下手，使他們也加入永不翻身的地獄。

「看王爺這幅狼狽的樣子，難不成剛才也遇到了傳說中的邪鬼？」懷玉

微笑道，看著眼前身中箭傷、血跡斑斑的安寧王，語氣裡卻滿是戲謔。

此時的安寧王眼裡只有怨恨和不可置信，一刻鐘前，他帶著手下僅存的精銳，從驛站潛上城牆，打算殺進皇宮。怎料，竟然遭到矢雨襲擊，身邊的死士幾乎都中箭而亡，墨家老傳人則為安寧王斷後，如今生死未卜。

當安寧王來到他在京中佈置的秘密據點，卻看見懷玉竟然在此出現，就更確定是對方背叛了自己。

「為甚麼？」安寧王咬牙切齒地問道，身上的傷口由於激動，滲出更多的血。

「當今皇帝是一顆爛果子，你則是另一顆更爛的果子，所以我都不想選。」懷玉道。

「荒唐！」安寧王怒極反笑，「皇兄登基以後，陳家的血脈幾乎被他殺絕，只剩下本王，以及他那一脈的太子，你都不想選，難道是想改朝換代嗎？」

見懷玉沒有回應，安寧王止住了笑聲，忽然生了一股更大的怒火：「你難道真是想改朝換代嗎！」

「這不勞你操心。」懷玉應道，語氣中卻生出了厭惡，「天下大局也輪不到你們這些只懂殺伐的屠夫來管。」

「我是屠夫？那你又是甚麼？你們這群諸子百家的餘孽，口裡說得好

聽，盡是為了天下眾生的大話，心裡想的還不是攀附權貴，當我們的走狗。」

「王爺，」懷玉沒有正面答話，微笑地問道，「你這些年練的刀法，是兵家暗中給你的吧？」

安寧王看著懷玉的笑容，心裡有點發寒，「你——想說甚麼？」

「正統的兵家講求堂堂正正的陽謀，可惜他們的傳承走了歧路，漸漸變得好戰嗜血，只管打勝仗，毫無兵者的憐憫。兵家把賭注押在王爺身上，自然要讓你也變得喜好殺伐，才會重用他們。」

「本王是軍人。」安寧王沉默良久，才擠出一句回答，「戰場上，殺敵就是最正當的事。」

「但我不是。」懷玉應道，「很多人也不是。甚至乎，可能你也算不上一個真正的軍人。」

安寧王正想開口罵一句「混帳」，卻忽然咳出血來。他看著地上的瘀血，感到有點暈眩——像在許多年前的一個下午，軍營中來了一個年輕俠士，提著敵軍先鋒的首級來到安寧王帳前，並自稱是諸子百家中兵家的傳

人。這一年，安寧王只有十三歲，登基不久的啟明帝就把他派往戰場，名義上代天子監軍，他第一次看見血淋淋的頭髗，強忍住噁心和怯意，才沒有當場昏迷。

那個豔陽的下午以後，安寧王開始勤練一套刀法，那名兵家少年稱之為「武韜」，走的是剛強勇猛、制敵以武的路數。

自此，他漸漸發現自己不再暈血，反而對腥紅的氣息，越發著迷。

安寧王的邏輯十分簡單：要滿足自己對血的欲望，就要上戰場；要身在戰場，就必須繼續打仗。所以當那位兵家傳人，再次出現，並且代表一群軍火商捎來口信時，安寧王就決定動用他在京中的秘密力量，相助藏星閣的杜從，刺殺前來簽訂盟約的胡國來使。

啟明帝沒有料想過，這個看上去年幼怯懦的弟弟，竟能在殘酷的戰場上活了下來，在他終於意識過來時，安寧王已經成為朝野上下公認的鐵血親王，威鎮一方的名將。這些顯赫的聲名背後，往往由無數故事堆成，有他坑殺數千名軍民的事跡，也有人編成了以安寧王為名的酷刑大全，箇中真假夾雜，但終歸離不開一個字——

殺——沉迷於回憶裡的安寧王，此時口中正在喃喃自語。

一個「殺」字，既像千軍萬馬之中，呼嘯進攻的口號；也像跪著無數戰俘的土坑前，劊子手所等待的命令——如果要往回憶裡深挖得徹底，那更像是老皇帝在位之時，年幼的安寧王在御書房偷聽到，父皇所下達誅連九族的口諭。當他回宮後問母后，為何要殺那麼多人時，母后只是悄悄告訴他，日後當上皇帝就會曉得了。

「王爺你可知道，這外面的巷子是甚麼地方？」懷玉的聲音響起，像一把鈍刀，一字一句地刺進安寧王的腦海裡。

安寧王茫然地抬頭，從血的記憶中擺脫出來，眼前懷玉的身影重新變得清晰。他想到方才城牆上，箭雨淋漓的慘烈戰況，竟生出幾分悲壯與豪氣，於是挺起傷重的身軀，回復了在沙場上浴血領軍的氣勢，向懷玉沉聲道：

「不管甚麼地方，那怕是刀火地獄，本王也不放在眼內。」

「哦？」懷玉笑了笑，「是嗎？」

懷玉的笑容如此燦爛，安寧王忽然才覺得，自己看見了真正的惡鬼。

【第十一章】

瘋狂或滅亡

作為樞紐的國都，應天府南京城自然是繁盛至極的地方，縱橫交錯的街巷上，清雅的有古玩店、字畫舖、書齋，市俗的也有酒樓、妓院、賭坊。但無論是燈紅酒綠，還是琴音詩吟，這些店舖背後都站著同一些身影，他們或是財閥世家，或是宮中權貴，牢牢掌握了城中的大部份土地。至今戶部甚至都不敢把真實的統計數字，呈遞給朝廷，否則啟明帝就會發現，這「普天之下，莫非王土」也只是一句笑話。

城裡有一條不起眼的小巷子，情況略為不同。約莫十年前，安寧王暗中購下了一座宅院，賣家是某個沒落家族的後代，經過反覆查證，沒有任何問題。每次回京述職時，安寧王都會在這裡暗中面見各方勢力，積存他在應天府裡的政治力量。

在最近這三個月來，除了安寧王的宅院，巷子裡所有的房子都悄悄轉手，搬來了新的住戶，其中有屠夫、鐵匠、碼頭苦力，還有賣豆腐的少婦。

懷玉和這些新住戶們，暗地裡替這條小巷取了一個名字：

平安巷。

用最淺白粗暴的聯想法，可以得出以下的詮釋：

剷平

你安寧王

的巷子。

懷玉就是這樣講的。

「平安巷？」安寧王聽在耳裡，覺得這是他一輩子聽過最荒誕的笑話，

「你要殺我，我姑且明白，但把巷子買下來，再改這樣的名字來噁心人，未免太小家子氣了。」

「像你這樣噁心的人，自然只配被這樣噁心地羞辱。」懷玉冷冷地道。

「既是如此——」話音剛落，安寧王便迅身往前，以手代刀，使出「武韜」中最進取的招式，直取懷玉頸項，這是他強忍傷勢、蓄銳已久的一擊。霎時間，宅院裡充斥了腥紅的氣息，像受傷的捕食者，發現自己的血即將流乾，要奮力一撲。

但懷玉自然不是弱小的獵物，她早就準備好提劍出擊，卻出乎意料地沒有避開安寧王的刀勢。

劍刺中了安寧王的胸口，那是心臟往右只有一寸的位置。

懷玉左肩骨頭碎裂。

她沒有躲避，因為懷玉本來就抱住以傷換傷，甚至以命換命的想法。真正惜命的人安寧王，他在最關鍵的一刻感到極其真實的害怕，所以懷玉的劍刺偏了，安寧王的攻招也沒有落在致命處。

真是瘋子。安寧王心想。

二人基本上已經沒有再打下去的體力，相對之下，安寧王的傷勢還是輕一點，當他慌忙地逃離出宅院時，懷玉還無法立刻追上——她只在坐在地上，靜靜地看著安寧王的背影，靜靜地等待著。

天空的深處隱若有光，似是破曉的跡象。

每次都秘密來去宅院的安寧王，自然不曉得這裡住了哪些住客，自然更不會知道他的鄰居在不久前，統統換了一遍。

但安寧王懂得離開的路，他望向黑夜中巷子的盡頭，一時忘記了啟明帝也要殺他的事實，心裡想只能要走到那裡，就是黎明。

眼前閃起亮光，瞬間仿若白晝。

然後是雷聲。

安寧王嗅到了雨水的味道。很熟悉，有點像血。

他倒地的時候，才意識到這是鐵器獨有的味道。

一個鐵匠拿起錘子，朝安寧王的腦袋再砸下一次；一個屠夫用利刀，把他的身體釘在地上；一個碼頭苦力則緊緊捉住他的咽喉，確保對方已無反抗之力。

然後三個人等待著，像約定好的，等著一個賣豆腐的少婦走來，用匕首狠狠刺進安寧王的心臟。

這確實是約定好的，一次復仇。

雷聲再次響徹，閃電照亮了整條平安巷。直到外面的動靜漸息，秦顧才從宅院的內廳走出來，這是懷玉的要求：安寧王必須由她和這巷子裡的人，親手殺死。

秦顧出來時，夜空開始下起了密集的雨，他把安寧王的死況告訴了懷玉，懷玉卻堅持拖住傷勢，也要親眼看一看。

「接下來就交給郭尋吧，他會向朝廷提供一個圓滿的說法。」懷玉望到小巷裡的屍體，精神終於放鬆下來。

「為什麼這樣安排？」秦顧看著倒在血泊中的安寧王，大惑不解，這絕不是殺掉對方的最好方法，縱使有郭尋幫忙掩飾，但他們一旦親自動手，就有被朝廷盯上的風險。

「還記得那天嗎？你跟我說了林玉的故事。」懷玉問道，語氣裡毫無起伏。

「當然記得。」秦顧應道。林玉即是懷玉，在老廟祝的遺物裡有一份情報卷軸，記錄了諸子百家的傳承流變，以及當代傳人的身世來歷。

「關於那個故事，還有一些細節你沒講完。」

秦顧靜了下來，他知道這次又輪到自己要聽故事，根據老廟祝和何禎的經驗，這些故事往往都是好故事，而愈是好聽的，通常都愈是悲慘壯烈。

懷玉講的故事很簡短，可能因為她左肩的傷，也可能是縱橫家講究一語中的，不習慣花費唇舌去營造情節的樂趣。

反正就是在江南林家被抄斬後，林玉便開始跟隨六衡師太四出遊歷。

一次她們來到邊境的村莊，那裡半個月前剛遭到戰火洗劫，六衡師太在廢墟裡撿到了幾個孤兒，收留下來，他們的父母都在戰爭中犧牲。

一路上，懷玉與這幾個年紀相仿的孩子混熟，六衡師太也樂得旅途中熱鬧一點，所有人都難得地，擁有了此生中短暫的安穩。

直至她們遇到一隊騎兵。

為首的是安寧王，他一口咬定這群孤兒是敵軍的奸細，只有懷玉從對方的眼神裡，感受到嗜血和貪婪——後來她嚴刑拷問了安寧王的一名副將，才得知當時安寧王沉迷於血腥，並對孩童的味道產生好奇。

當時，那名副將趁六衡師太與安寧王對招之際，出手擄走了其中一名小孩，卻在混亂中不慎把人推下了山崖。

小孩叫懷哲，懷玉說，他在這個故事裡必須擁有名字。

那日以後，林玉改了姓氏，其餘的小孩則忘記了自己的姓名，變成了屠夫、鐵匠、碼頭苦力，還有賣豆腐的少婦，一起等待著完成約定的那天。

長安街的厚德商號總行裡，有一間絕密的暗室，整座應天府知曉這個地方的，應該不超過五人。

這五個人現在都在暗室之內，撇除剛剛走了出去、正在門外看守的厚德商號十三掌櫃，小房間裡的人分別是縱橫家傳人懷玉、小說家傳人秦顧、兼任道家掌尊與陰陽家家主的郭尋，以及當代儒門領袖、朝中首輔何廷玉。

厚德商號是道門派遣於世間千萬的棋子之一，負責收集京中情報。自從兩個月前安寧王死於應天府中，各方的反應及舉動，都被厚德商號彙集起來，放在這幾人眼前。

首先是啟明帝，朝廷發放消息，指安寧王死於急病，大張旗鼓地處理了後事，上下哀悼，聲勢浩大得沒有太多人發現，屍體從入殮到下葬，只花了一天時間。

然後是地方軍隊的反應，異常地安靜，所以安靜得反常。

「陛下一早就做好準備，只要安寧王舊部有所異動，邊境就會有外敵進侵，戰事一起，他們就會被送到前線。」何廷玉解釋道。

「你家皇帝可真是高瞻遠矚呢。」懷玉依舊嘴上不饒人，惹得何廷玉一臉尷尬。

郭尋見狀，開口打圓場：「既然形勢如此，我們下一步要如何做？」

「秦顧要盡快與皇帝見一面。」懷玉道。

「我會安排的。」郭尋應道。

「懷玉，」秦顧這才開口問，「現在你可以告訴我，你的計劃了嗎？」

懷玉沒有回答，卻轉身問起何廷玉：「現在這應天府裡，到底已經有多少個秦顧？」

「我今早去調了卷軸，不計算本尊的話，一共有七百二十六名叫秦顧的人。」何廷玉答道，心裡對小說家一脈這邪乎的異能，讚歎又警惕。

「好。」

懷玉這才開始向秦顧說起她的計劃。

「當日我們與安寧王約在城外見面，那座涼亭正是陳家潛藏的龍脈所在。我故意引他出手，用陳家子孫的戾氣引起龍脈共鳴，這才發現王朝氣運裡竟混進了一個小東西。」

「那是法家偷偷養的一條蟲。」

懷玉看了何廷玉一眼，才繼續道：「儒法兩家數百年與皇朝共生，儒家心懷濟世的想法，法家卻有最實際的治理手段，在君王心中，前者是遮羞布，後者才是真正的利器。多年下來，此消彼長，王權與法家成了彼此的扯線木偶，空有規則，不談仁義，更不論人心。」

「所以你看，連當代儒門領袖也再受不了，要來助我們。」

何廷玉這才乾咳了一聲。這些諸子百家的運勢與動盪，他向來心知肚明，當何廷玉開始輔助年輕的皇帝時，也曾想改變這一切，但做著做著卻變了樣。當時皇帝說服他，要手握大權才能創造理想的世界，於是就有了多年以前一場清洗異見者的大風暴，經何廷玉策劃下，所殺的人就比他一生中見過面的人，還要多。

馮夢龍的師父，就是死在這場恐佈的漩渦中。

隱約知道這段歷史的秦顧，看了看委靡的何廷玉，等待著懷玉接下來的話。

「秦顧，當你看見皇帝，我要你施展附身之能，把皇帝變成秦顧。」

計劃很瘋狂，但縱橫家本來就是一群瘋子，尤其懷玉，本來就是一個瘋丫頭。

合縱連橫，以天下為棋子，一子勝負間，六國存滅。從這個角度去看，把一國之君變成小說人物，奪其意志，磨損人們對他的記憶，其實也算不上太驚世駭俗的想法。

但問題還有兩個，一是秦顧的異能是否強大如此，二是成功以後，世界將發生甚麼事。

根據這段時間以來的數百次嘗試，秦顧「代入」的人，愈是年老、情緒愈是不穩、與秦顧距離愈近，成功附身的機率就愈大。

所以當啟明帝決意要殺掉，沾染上龍脈氣息的親弟安寧王時，縱然沒有真正動手，他也受到王朝氣運的反噬，換句話說，如今正是啟明帝最虛弱的時刻。

在懷玉與郭尋的合力推算中，一旦秦顧成功使啟明帝變成了無根之人，在連鎖的效果下，人們會忘掉這個國度曾有王權的存在。至於這段空白的歷史將如何被補充，則自有時間的偉力，也正是他們這些諸子百家發揮能力的時候。

郭尋為此占卜了許多次，都得出第二十四卦「復卦」，意謂週而復始、歸來之義。

一直為這個計劃躊躇的郭尋，也找到了安心的理由。

皇宮屋簷上趴伏了無數脊獸，仰望無雲的天空。

今夜月亮正盛，巨大得讓人屏息。

在郭尋與何廷玉的秘密安排下，秦顧被悄悄召到了御書房，啟明帝為免被言官嘮叨，指他不務正業只懂玩樂，此事只有少數幾人得知，連太子也不曉得。

但今天突然迴光反照的啟明帝，卻一直在處理公務，把人從白天晾到了黑夜。經身邊的太監提醒，啟明帝才想起有這樣一回事，便抱持聽人說書的心態，去見見這個秦顧。

啟明帝近來的身體狀況愈來愈不樂觀，他絕不能讓任何人得悉，自己的記憶力開始衰退的事情，包括今日之所以如此勤奮地批閱奏摺，也是因為他突然忘掉了，自己早把這項工作交給了太子。

直到啟明帝斷氣的一刻，他都沒有料想過這樣的小事，竟讓急功近利的太子生出了弒父的打算。

二人見面後，秦顧對啟明帝講了許多的故事，這些事跡的主角都曾是真實的，只不過現實他們都變成了秦顧。

例如賣身葬父的盲琴女遇上心理變態的富家少爺、進城搶掠的強盜最後誤打誤撞死在農婦之手，還有殺妻的獵人、被賣到宮中做太監的家族幺兒、一步一步爬上高位的城門侍衛，以及一個生長在南方漁村的孤兒，如何考取功名，終於面見皇上。

這些故事的選取與次序，都出自懷玉的安排，像一把把匕首，不動聲色地靠近啟明帝的心臟。

「此人終於高中狀元後，在殿試中向當朝皇帝，講了一個關於自己身世的故事。」秦顧道。

「哦？」啟明帝終於被動搖了心神，真正開始期待接下來的故事，「那

豈不是就像現在？」

「對的，就是現在。」

秦顧雙眼一亮，調度全身的精氣神，準備施行「通感」之能。

此時，一支暗箭從門外射出。

專心聽故事的啟明帝，還有專心講故事的秦顧，都沒有察覺到有人在門外潛伏。

在懷玉的計算中，一直都忘了一個人：即將繼任的太子。但其實即使這個人被懷玉記住了，她也不會料想，太子會決定在今天臨時起意，刺殺啟明帝奪位。

像這種愚蠢的人，往往才是聰明人佈局中的破綻，因為不可預計，也無從記起，最後成為故事中最重要卻毫無道理的變數。

當刺客的箭矢從秦顧耳邊呼嘯而過，他立刻聯想到，這很可能是皇帝反過來設下的局。

所以秦顧不得不忍住施法中斷而帶來的反噬，轉身逃離，沒有查看啟明帝的情況。

夜色下的皇宮像一座不斷生長的迷宮，秦顧在月光下走了好幾趟迴圈。

本來應該要在外面接應的道門暗探，並不見人，準確來說，是御書房外所有的侍衛早在入夜前被太子調走了。

當太子接到消息，連同幾名還在宮裡辦公的大臣趕到時，腹部中箭的啟明帝已經快要斷氣。太子急忙扶住啟明帝，生怕對方會活過來，佯裝情急之下不知所措，暗中用力把箭刺得深一些。

——直至眾人終於都聽到，啟明帝在臨死前的話：「秦顧。」

【第十二章】秦時明月

懷玉和郭尋得到何廷玉的消息，沒有料到事情發展竟是如此。

懷玉不管左肩初癒的傷勢，提劍出門，正打算殺進宮裡，就看見倒在厚德商號總行前的秦顧，他幸運地趕在宮門封鎖前，找到離宮的路。

「今後會如何？」秦顧躺在床上，詢問正為他準備白粥的懷玉。

「太子即位，他已下令追殺所有叫秦顧的人。」懷玉道。

「終究失敗了。」

「留下性命，日後一定有機會的。」

「我施法失敗了，反噬太大，活不下去的。」

「郭尋說過你是將星，大事未成以前絕不會死。」

「再謀大事，又要再死很多人。」秦顧看著懷玉道，「那七百二十六名

秦顧先是被我變得行屍走肉，生不如死，現在又因為我的緣故，真的被殺掉。」

「謀大事，總會有代價。」

「懷玉，」秦顧略一靜默，才再問道，「你當時要我附身於那七百多人，除了想摸清我這異能的運行規律，還有其他目的，對吧？」

見懷玉沒有答話，秦顧再追問：

「你早就料想到，萬一計策失敗，就用這七百二十六個秦顧，作為掩護的幌子，甚至根本就打算借他們的死，作為挑動民憤的契機，對吧？」

二人相處的時間不算太長，但論熟悉程度，他們是彼此在世間最緊密的人。秦顧所推測懷玉的後著，基本上八九不離十；相對地，懷玉亦極為熟知秦顧的性格，明白一時三刻無法說服對方，只好安靜下來，以示默認。

房間安靜了好久。

「白粥太淡了，可以給我拿些鹹菜嗎？」秦顧開口打破凝重的氣氛。

「好。」懷玉應道。

密雲掩掉了整片天空。

月黑、風高、殺人之夜。

一隊從皇宮出發的暗探，穿街過巷，手持一份名單，按照上面的地址把應天府裡所有叫「秦顧」的人殺死。這些地方有醫館、賭坊、妓院，也有權貴人家的府邸、書院、赴考學子的家宅，不多不少一共七百二十七處。

第一個被殺的，是御書房的首領太監秦顧。啟明帝斷氣不久，太子就抽出侍衛的佩刀，刺穿秦顧的心臟，以示他的悲痛和激動。

第二個是應天府侍衛長秦顧，被宮廷暗部潛伏在侍衛軍的棋子，用淬毒的匕首所殺。

第三個是一名醫館大夫，頸上悄然多了一抹刀傷，死在睡夢裡。那是一場惡夢，半個月前，為了節省成本，他用劣質的藥材治死了一個窮困人家的新生兒，此後每晚都夢見嬰靈索命。他會輪迴在惡夢中，無法再醒來。

第八個是工部尚書府上的雜工，只要多賺三個月的月錢，就可以回鄉

迎娶他的青梅竹馬；第六十七個是賭坊的二掌櫃；第一百二十三個是市場賣菜的販夫；第四百七十六個是一名獨自撫養兒子的父親；第四百七十七個則是一個書生。

根據卷軸上扼要的記載，這位叫秦顧的書生是從南方而來、赴京考試的考生，平日則靠寫些話本小說維持生計。

只是負責此處的暗探趕到時，發現那裡已經有一具屍體。

懷玉自然把金蟬脫殼的後手，都準備妥當，完美地偽造了一場窮苦考生誤食野菜、毒發身死的意外慘劇。秦顧也自然不會過問，那具替代他的屍體到底是甚麼人，又到底是否值得為自己而死。反正懷玉絕不會說真話，就像後來他才發現，這群「秦顧」當中，並不如懷玉所言，全是罪有應得之徒——只是他也一度變得麻木，相信了箭在弦上，不得不發的道理。

但此時真正讓秦顧無法分心的原因是，他的身上發生了極為怪異的變故。那些被殺的「秦顧們」，從出生至今的所有記憶，都忽然湧到秦顧的腦海裡，像江河倒灌進一座小湖泊，使他頭痛欲裂。

從十歲那年，附身獵人一事起，秦顧基本上沒有再動用過他的「通感」異能，也是一直到進入應天府後，才如此頻密施行。儘管被「代入」的人，後來會變得渾渾噩噩，但在今天以前，都不曾有一個「秦顧」死去。

這一晚，當太子派遣的暗探將城中的「秦顧」殺遍時，他們數十年的人生經驗，盡數聚集到真正的秦顧身上。一切甜美、哀傷、痛快、失落的事情，生而為人的種種體悟都在一瞬間發生，並重複了數百次。換句話說，他在短時間裡活了數百次。

在這個迴環的過程裡，秦顧起先感到空虛傷感，然後是看破紅塵的平靜，接著是煩燥和噁心，最終只剩下一種感覺：寂滅。

無貪念、愚痴、瞋恨，無一切煩惱困厄，生死輪迴不再——是為寂滅。

⁂

歷代的小說家傳人裡，也許有禮佛之人，也許有被佛家精神所啟悟的人，但絕少人會真正遁入空門、潛心修佛，因為兩者所信奉的是隱約相反的道——雖然佛教裡有許多微言大義的佛謁，都是以故事的形式流傳散佈。

秦顧沒有進入佛家的涅槃圓寂之境，他所感受的寂滅，如果用小說家的角度來看，應該是克制，如靜水流深，在旁觀無數眾生的悲喜過後，仍能平靜地深愛著這個世間。

像是他的師父馮夢龍，某程度上，也像撫養他長大的老廟祝。

一陣冷風吹開了窗戶，但秦顧心神劇烈耗損，已經無力把窗關上。此刻的房間正正像他的腦海，中門大開，新的記憶繼續湧現，這意味更多的人被殺掉。

但有點不對。

秦顧忽然看見一個胡國的養馬少年，他為了保護自己的馬不被征召上戰場，被士兵斬斷雙腳；然後又出現一個穿戴奇異的金髮婦人，正落毒殺害承繼了亡夫遺產的女兒；接著是被困在雪地七日七夜的中年人，剛殺掉同伴，準備要吃他的肉——他的腦海裡出現了一些遙遠陌生的記憶，但那些並不是他曾用異能附身、寫成故事角色的「秦顧們」，而是全然陌生的人。

眼前的世界天旋地轉，他好像成為了一個漩渦，裡面有一頭吸食別人回憶的兇獸，當「秦顧們」的人生被吞掉後，這頭兇獸循著記憶裡的線索，

捕獵更多的人，直至它把世間所有人的記憶，都逐一吃下肚。

陌生的記憶場境繼續湧現：正在進行召魂儀式的荒島巫師、用火槍射傷奴隸尋樂子的莊園主人、剛冒險誕下三胞胎的母親——還有一個名叫懷玉的女孩。

是秦顧所認識的懷玉。

秦顧腦海裡冒出了一段畫面：在安寧王死去的那個晚上，他第一次對懷玉產生真正的好奇，看不通對方到底是一個慈悲還是殘酷的人。

當時，懷玉看著雨巷裡，安寧王被流水沖刷的屍體，想了很久，才道：「師父說，人是這世間最卑微的存在，但人與人的連繫，又是組成了這大千世界的關鍵。你把誰視為手足，又對誰恨之入骨，背後的無數因果相疊交錯，那便是縱橫。」

當秦顧還在咀嚼這些話時，懷玉已經轉身過去，只留下兩句話：

「眾生皆苦，我知曉，卻不能盡數感受，但我能看明白因果邏輯。」

「如果有人行惡，但沒有惡報，我不能接受；但如果我為了做善事，

而選擇用惡法，他日自招惡果，我也會安然接受。」

懷玉的話說很漂亮。雖然看上去很像歪理，秦顧心裡想，但有一天他離開這世界前，也要對這芸芸眾生、炎涼世態交出一樣漂亮的答卷。

深夜的應天府，無數人正悄然無聲地死去。

重傷的秦顧無力阻止；懷玉和郭尋出於謀略盤算，不會阻止；何廷玉正在太子身邊，但身為前朝遺臣，他已喪失話語權。

換句話說，這個晚上正在和即將發生的一切死亡，都已成定局。

在名冊上排在末端一位的「秦顧」，是住在城外茅屋的武館教頭，他被殺掉前還跟宮中暗探交手了幾招，倒下時後腦落地，還睜著眼睛，直勾勾地望著天空，像要把黑夜看出一個洞。

理應殺人如麻的暗探，瞧見了教頭的眼神，竟然覺得有點嚇人，便伸手一掃，替對方瞑目。

他猶有餘悸地離開了茅屋，趕到宮裡覆命。由於回城是逆方向的關係，他穿過林野之際，明顯感受到風勢急了起來，於是下意識地張望，看見天上烏雲散潰，空中的圓月無比清亮，像教頭那一雙圓渾的瞳孔。

從萬古悠悠的角度，一條生命、一百條生命、成千上萬條生命都微小如細塵，人的抱負，家族興衰，乃至國度的存亡，都算不上有甚麼意義的事情。

而從人的角度，所謂的萬古悠悠也只是一個遙遠的概念，像是月亮，縱是陰晴圓缺，卻也無聊得毫無變化。

在秦顧眼中，諸子百家的創始者，理應都是一群討厭月亮的人，才會想改變因循的世道。在這些流派中，道家講因果，儒家講仁義，法家講利弊，縱橫家講邏輯，只有小說家最愛講道理卻又最不講道理。

這夜的月亮特別巨大，盤踞京城上頭的天空，奄奄一息的秦顧凝視著月亮；懷玉往廚房的路上也被其光芒吸引，怔怔地看了幾眼；宮裡的何廷玉指住上天，痛罵下令殺光全城「秦顧」的太子；郭尋則在月光下算了一卦——

依舊是第二十四卦「復卦」。

一元復始，萬象更新。

再過不久，當懷玉拿著鹹菜走進房間，她會看到桌面多了一張稿紙，上面竟密密麻麻地寫上重複的句子，仿若符咒：

「秦顧在紙上寫道：秦顧在紙上寫道……」

懷玉會認為，那是重傷的秦顧自知撐不下去，為免自己傷心，於是在斷氣前施行了異能，只是代入的人卻是他自己，讓所有人忘掉他。

上寫道・秦顧在紙上寫道：秦顧在紙上寫道・秦顧在紙上寫道：秦顧在紙上寫道：秦顧

上寫道秦顧在紙上寫道・秦顧在紙上寫道：秦顧在紙上寫道・秦顧在紙上寫道：秦顧在紙上寫

秦顧在紙上寫道：秦顧在紙上寫道：秦顧在紙上寫道・秦顧在紙上寫道：秦顧在紙上寫道・秦

在紙上寫道秦顧在紙上寫道：秦顧在紙上寫道：秦顧在紙上寫道：秦顧在紙上寫道・秦顧在紙上

在紙上寫道：秦顧在紙上寫道：秦顧在紙上寫道・秦顧在紙上寫道：秦顧在紙上寫道：秦顧在紙上寫

寫道：秦顧在紙上寫道：秦顧在紙上寫道：秦顧在紙上寫道・秦顧在紙上寫道：秦顧在紙上

寫道：秦顧在紙上寫道：秦顧在紙上寫道：秦顧在紙上寫道・秦顧在紙上寫道：秦顧在紙上寫

寫道：秦顧在紙上寫道：秦顧在紙上寫道・秦顧在紙上寫道：秦顧在紙上寫道：秦顧在

寫道：秦顧在紙上寫道：秦顧在紙上寫道：秦顧在紙上寫道：秦顧在紙上寫道：秦顧在紙上寫

寫道：秦顧在紙上寫道：秦顧在紙上寫道：秦顧在紙上寫道・秦顧在紙上寫道：秦顧

寫道・秦顧在紙上寫道：秦顧在紙上寫道・秦顧在紙上寫道：秦顧在紙上寫道・秦顧在

寫道・秦顧在紙上寫道・秦顧在紙上寫道：秦顧在紙上寫道・秦顧在紙上寫道：秦顧

寫道・秦顧在紙上寫道・秦顧在紙上寫道・秦顧在紙上寫道・秦顧在紙上寫道：秦顧

寫道・秦顧在紙上寫道・秦顧在紙上寫道・秦顧在紙上寫道・秦顧在紙上寫道・秦顧在

秦顧在紙上寫道：

大概沒有人會知道，這是秦顧在體會無數人間的善與惡後，對此複雜難明的世道，所留下的答覆——雖然連他本人也不太肯定，這會產生怎樣的影響，人們也未必能讀懂其中意義，但終究如秦顧沾沾自滿的，看起來是一張漂亮的答卷。

懷玉落下淚，她要用力想起與秦顧相關的一切，每記得一件，就遺忘掉一件。

這種可怕的消逝極為真實，過了不久，她愈來愈害怕，也愈來愈平靜，因為關於秦顧這個人的記憶已經全然消失。

到了此時，懷玉看著躺在床上這個男人的屍體，只感到無比陌生，她再想到自己，竟然想不起自己是誰，來這裡到底是為了做甚麼，空盪盪的腦袋裡只剩下一個名字：秦顧。

窗外黑夜出現了破綻，晨光即將割裂整座應天府。

人們要醒來，然後忘掉一切。

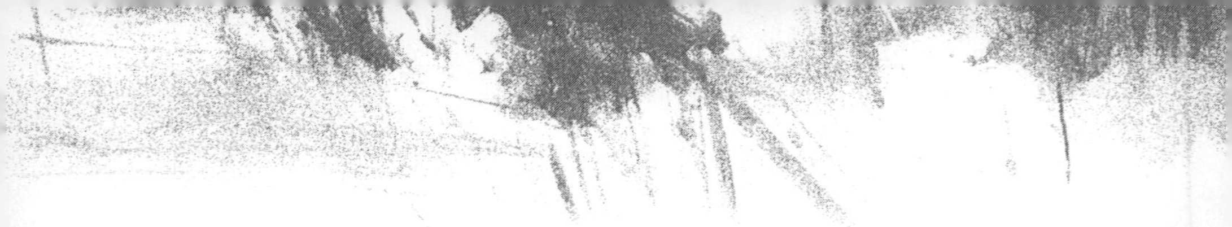

【尾聲】

從前與後來

當後世的人把思考的目光，投到歷史的洪流裡，他們將無法略過這一年發生的事情。經過無數歷史學家重組典籍得出的結果，大家習慣把陳漢王朝第六位國君死去的這一年，稱之為「失落之年」。

這年出現了一種不知名的瘟疫怪病，所有人一覺醒來，都忽然忘記了所有事情，卻都記得一個名字：「秦顧」。

世間的人重新回到山林田野，本能地活著，日復日耕作、打獵、捕魚、炊飯、生兒育女，沒有人再讀書寫字，也沒有戰爭掠奪。被建造出來的城市、機械、以及宮殿都被丟棄，沒有皇帝、士大夫、庶民的分別，因為沒有人懂得如何統治與被統治。

參考遠古文明諸子百家中，小說家一脈的說法，他們都失去了「動機」，被還原成一個最原始的人，只剩下生存的本能。

世界就如此平靜混沌地運行著。

直至第一群小孩出生。

一些聰穎的孩子開始離開山野，走到荒棄的城市探索，並從典籍裡明瞭了，自己身處的世界曾經是怎樣的一回事。

當他們看到自己沉默寡言的父母，互稱對方為「秦顧」，便認定「秦顧」就是自己這個種族的代稱。後來一些署名為秦顧的小說被發現，人們就更肯定，小說是他們舊有文明中一切精華的彙集。

風要穿過大海，捲進林野，大雨將至，而這些都是真實的。

「喂，雨要從天下了，快叫多一點幫忙秦顧來。」

「道理我都懂了。」

「要快要快，易爛的濕的典籍。」

這些孩子也即將重新發明語言，定義新的文明，也許在遠遙的未來會再次互相殺伐，摧毀世界，但趁他們還是孩子，就還可以期待一下。

【完】

【附錄】重大時序

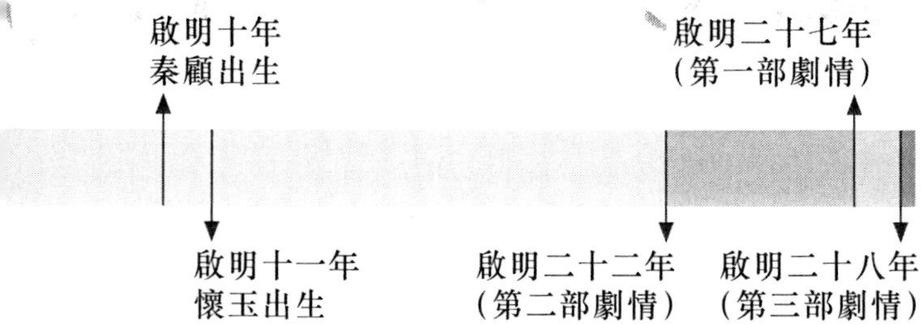

啟明二十二年（第二部始）	啟明二十七年（第一部＋第二部）	啟明二十八年（第三部）
——	67歲	被太子的刺客所殺
——	40歲	被懷玉所殺
12歲	17歲	以異能重置世界
11歲	16歲	——
63歲	68歲，服毒自殺	——
42歲，在平安宮遭到秦顧	45歲，收徒，秋天身死	——
——	83歲，再任國師	——
——	何禎、杜從在決戰中雙雙殞落	——

啟明登基
前二十年

啟明元年

重大時序

	啟明帝登基前二十年	啟明元年	啟明十九年	啟明二十年
啟明帝	20歲，提議開放海禁	40歲登基	——	——
安寧王	——	13歲被派到前線，遇到兵家傳人	32歲	33歲
秦顧	——	——	9歲	10歲，異能初現
懷玉	——	——	8歲	9歲，初遇安寧王
老廟祝	21歲，後到平安宮	——	——	——
馮夢龍	——	20歲，師父被清算殺害	——	——
郭尋	33歲，兼任道家傳人	55歲，退任國師	——	——
其他	曹近、李唯身死；涵虛子，38歲，不久後傳位給郭尋	幾年後，杜從刺殺胡國來使	林家被抄家，何禎趁機報仇	懷哲身死

【後記】故事的技藝與記憶

我常想像世上有兩種力量，一類像《國王的新衣》裡的小孩揭穿謊言，另一類則如把這個故事寫出來的人一般。前者由於勇敢，時時招致兇險，後者則因為迂迴，而往往被視為無用之功，甚至只是懦弱者的自我慰藉。《虛風構雨》不擁有前者的力量，但它有沒有達到後者的效能呢？不好說，但拿起這本書的讀者，一定有你們最真實的看法。

這部小說當然有疲憊和乏力的地方，那會是技藝的缺點——而且我樂觀地認為總是可以精進的。棘手的地方可能在於，小說作者們有沒有把故事的記憶，好好保存下來？

故事是藏在人類肌肉記憶裡的，像是原始人的壁畫、部落溝火的歌謠、代代相傳的家族史，作為古老的技藝，故事也擁有古老的記憶。人

們喜歡聽，也喜歡講，但在不同的時代氣候下，故事往往會變異，改頭換面，讀者只能依靠基因裡的敏銳，辨別虛實，找出故事的核心——那時候，我們才能像一個天真的小孩，懂得如何擺脫世故，指認真相。

《虛風構雨》在想像的另一件事：故事可以把我們帶多遙遠的地方？歷史離我們極遠，武俠江湖更是飄渺，但我們與一個亂世的劍客，會不會在某些時刻擁有相通的困境和哀愁，會不會他的故事在極多年之後，也能打動一個資本主義城市長大的小孩，在迷霧重重的時代，思考生而為人的價值？

唔。也許不會。

但至少故事的魅力永遠能打動人，即使這部不會，也總會有別的小說能撼動你。

感謝天行小說賞這個平台，感謝各位評審的肯定和寶貴建議，更要感謝出版社和編輯們的辛勞。沒有他們，《虛風構雨》可能不會存在，雖然幸運的是，故事會一直存在。

出生於德國的猶太裔學者華特・班雅明（Walter Benjamin，1892-

1940）在《說故事的人》裡這樣總結：「講故事者是一個讓其生命之燈芯由他的故事的柔和燭光徐徐燃盡的人……在講故事人的形象中，正直的人遇見他自己。」

所以，這會是小說的終極目標嗎？我還不知道，但願能繼續寫下去，寫好看的故事。畢竟小說作者不一定都正直，但故事好看就是正義。

小說初稿完成之際得知西西過世的消息，謹以其中一個同名章節，致敬她的小說集《故事裡的故事》，感謝她的作品總是那麼身姿輕盈，不斷給我們無比神奇的體驗和思考，知道原來小說可以有趣深刻到這個地步。在此懷緬和感激西西。

2023.5.5　**旅居花蓮**

天行賞小說 07

虛風構雨

作者　韓祺疇
內容總監　曾玉英
責任編輯　Alba Wong
書籍設計　Yue Lau
編輯助理　邱廸生
出版　天行者出版有限公司 Skywalker Press Ltd.
九龍觀塘鴻圖道 78 號 17 樓 A 室
電話　(852) 2793 5678
傳真　(852) 2793 5030
出版日期　2023 年 6 月初版
發行　天窗出版社有限公司 Enrich Publishing Ltd.
九龍觀塘鴻圖道 78 號 17 樓 A 室
電話　(852) 2793 5678
傳真　(852) 2793 5030
網址　www.enrichculture.com
電郵　info@enrichculture.com
定價　港幣 $98　新台幣 $490
國際書號　978-988-76537-4-5
圖書分類　(1)流行文學　(2)小說／散文

賞小說

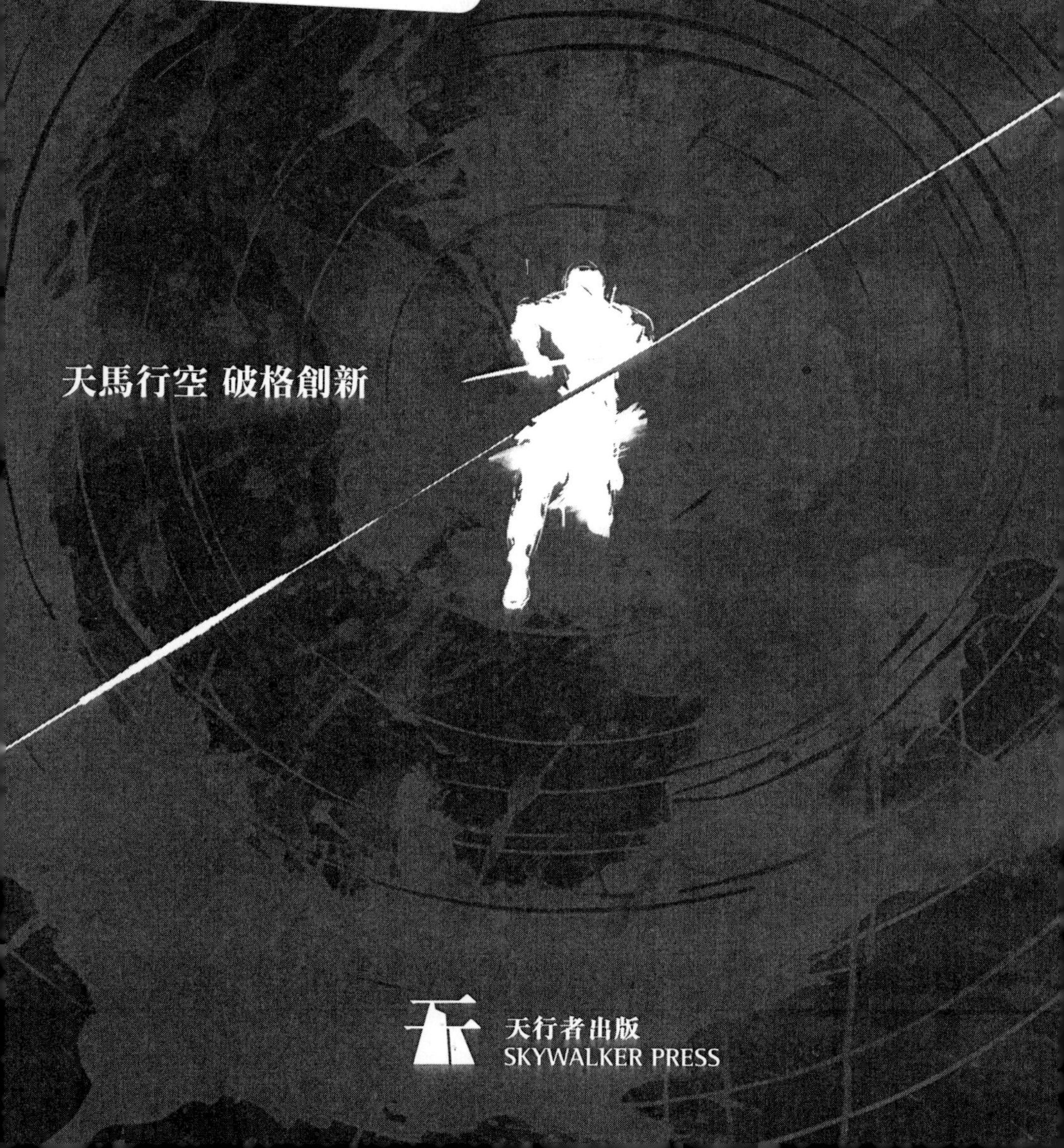

天馬行空 破格創新

天行者出版
SKYWALKER PRESS